Scherz Krimi

Spannung mit Niveau

Stefan Murr

So leid es mir tut . . .

Scherz
Bern – München – Wien

Schutzumschlag von Heinz Looser
Foto: Thomas Cugini

Originalausgabe
1. Auflage 1993, ISBN 3-502-51405-4

Gesamtherstellung: Ebner Ulm

1

»Weiblich«, sagte der Kommissar und legte betont behutsam den Hörer auf die Gabel des Telefons auf seinem Schreibtisch. »Es war Zimmermann.«
»Ich habe es aus Ihrem Gespräch entnommen«, erwiderte Hornschuh. »Ist sie tot?«
»Bisher nur vermißt«, antwortete Ketterle. »Aber wir wissen ja, wie das weitergeht. Oder wissen wir es nicht?«
»Ich denke nicht gern daran«, sagte Hornschuh. Nach einer kleinen Pause fügte er hinzu: »Vielleicht ist es diesmal anders?«
Aber beide spürten instinktiv, daß es auch diesmal nicht anders sein würde als in den vergangenen sechzehn Monaten. Und wenn es sich bewahrheitete, dann handelte es sich um den vierten Frauenmord in nicht ganz eineinhalb Jahren, eine Serie von Kapitalverbrechen, wie sie die Ruhe der Hansestadt nur höchst selten in ihrer Geschichte erschüttert hatte.
Nachdem man am 14. Dezember des vorigen Jahres Kat Rühl in ihrer Wohnung in einem Rückgebäude in der Nähe des Hansaplatzes erdrosselt aufgefunden hatte, war man am Berliner Tor allergisch gegen Frauen geworden. Seit damals gab es die interne Dienstanweisung des Chefs, daß alle Fälle, bei denen es sich um eine weibliche Tote oder Vermißte handelte, von Kommissar Zimmermann, dem Leiter des Dezernats VII, Leichen und Vermißte, automatisch an die Erste Mordkommission abzugeben waren. Dort hatte man sämtliche Ermittlungsergebnisse über die drei vorhergegangenen ungeklärten Todesfälle in umfangreichen Aktenordnern gesammelt.
»Wie alt?« fragte Hornschuh.
Der Kommissar hob die Schultern und schloß einen Schnellhefter, der aufgeschlagen auf seinem Schreibtisch lag. »Keine Ahnung. Die Anzeige kam telefonisch. Nicht einmal von den Eltern. Anonym. Eine Stimme, bei der man, wie

Zimmermann sagte, an eine freundliche, dicke Fleischersfrau denkt. Sie sprach von der Vermißten als ›die Kleine‹. Wahrscheinlich hat sie für das Mädchen was übrig. Die Eltern sind Bruno und Johanne Krieschke, Markmannstraße 25. Das ist drüben in Rothenburgsort.«

Das Wort »drüben« machte Hornschuh klar, daß der Kommissar von ihm erwartete, daß er hinging, und zwar sofort, obwohl es schon nach sieben war. Seit einem Jahr geizte man im Präsidium mit jeder Minute, wenn es sich um eine vermißte Frau handelte. Seit einem Jahr wurden die Ordner immer und immer wieder durchgewühlt, um einen Anhaltspunkt zu finden, ob man nach ein und demselben Mann zu suchen hatte oder ob es sich vielleicht um eine jener Verkettungen handelte, die manchmal auch den Blick des erfahrensten Kriminalbeamten trüben.

Alle drei Opfer waren erdrosselt worden. Eines von ihnen, ein Animiermädchen aus einem Reeperbahnetablissement, hatte man im Morgengrauen zwischen Papier und Unrat mit auf der Brust gefalteten Händen auf dem Heiligengeistfeld aufgefunden. Kurz danach, am 3. März, war ein anderes Mädchen von einer Zimmervermieterin am Pinnasberg als vermißt gemeldet worden. Zwei Tage darauf hatten Beamte der Stadtwerke die Leiche in dem verlassenen Keller eines in der Nähe gelegenen abbruchreifen Hauses entdeckt, als sie nach dem Hauptgashahn suchten. Auch sie war mit bloßen Händen erdrosselt worden. Alle drei Frauen gehörten demselben Milieu an. Bei keiner lagen Spuren eines Sexualverbrechens vor. Keine der Frauen hatte, soweit es sich ermitteln ließ, jemals eine der anderen gesehen oder gesprochen. Es gab keinerlei Verbindungen zwischen ihnen, die Schlüsse auf den Kreis zuließen, aus dem der Mörder stammte. Alle drei waren alleinstehend gewesen. Keine Eltern oder Verwandten hatten sich gemeldet, eine Tatsache, die den Kommissar vermuten ließ, daß der Mörder die Lebensumstände seiner Opfer sehr genau studiert hatte.

»Eltern«, sagte Hornschuh deshalb. »Das ist neu.«

»Schauen Sie, was Sie herausfinden können, Hornschuh«, erwiderte Kommissar Gottfried Cäsar Ketterle. »Aber ich habe wenig Hoffnung, daß uns die Existenz von Eltern weiterhilft.«
»›Die Kleine‹«, wiederholte Hornschuh nachdenklich. »Ob sie minderjährig ist? Auch das wäre neu.«
Wieder hob der Kommissar die Schultern. »Sie müssen sofort in die Markmannstraße. Erst dann können wir weitersehen. Rufen Sie mich bei Frau Stolz an, wenn Sie etwas Wichtiges erfahren. Ich bin zu Hause.«
Hornschuh nickte. »Seit wann wird das Mädchen vermißt?«
»Seit gestern morgen, als sie aus dem Haus ging. Sie arbeitet im Kaufhaus Wedekamp an der Fuhlentwiete. Aber da können Sie jetzt niemanden mehr erreichen. Mit Wedekamp müssen wir uns bis morgen gedulden.« Er erhob sich und ging hinüber zu seinem Mantelschrank. »Sie wissen, worauf es ankommt, Hornschuh.«
Hornschuh wußte es. Es war ihrer beider Beruf, dem Tod seine Geheimnisse zu entreißen, wenn er zugeschlagen hatte. Es gab viele Tote in einer Zweimillionenstadt wie dieser, und meist war es ihnen gelungen, mit Intuition, Intelligenz, Ausdauer und einem perfektionierten technischen Apparat früher oder später in die Hintergründe der Kapitalverbrechen vorzustoßen, mit denen sie es zu tun hatten. In diesem Fall lag es um eine Nuance anders. Sie spürten deutlich, daß sie eine Verantwortung für Menschen trugen, die heute noch lebten. Sie durften es nicht leichtnehmen. Das war es, was Kommissar Ketterle meinte.
»Verfluchter Mist«, sagte Hornschuh, während der Kommissar von außen sein Zimmer zuschloß.
»Tja«, murmelte er. »Wir können es uns nicht aussuchen. Keiner kann das.«
Dann nickte er Hornschuh zu und schritt den indirekt erleuchteten Flur entlang. Seine massige Erscheinung war, wie auch schon früher am Karl-Muck-Platz, zu einem nicht mehr

wegzudenkenden Bestandteil des pompösen Neubaus am Berliner Tor geworden.

2

Hornschuh suchte nach der Hausnummer 25. Es war keine schöne Gegend. Brisanzbomben hatten diesen Teil von Rothenburgsort in eine Wüste aus Schuttbergen und bizarr ausgehöhlten Fassaden verwandelt. Die Schuttberge waren eingeebnet worden, aber einige der zerstörten Fassaden waren stehengeblieben. Neue Blocks waren zwischen den alten entstanden, vage verbunden durch die Drähte der Straßenbeleuchtung.

Die Nummer 25 war ein Vorkriegshaus. Wahrscheinlich stammte es noch aus der Zeit vor 1914. Die Klopfbügel an den Treppenabsätzen erinnerten Hornschuh an aufgepflanzte Armbrüste in verstaubten Museen, in den Zwischengeschossen roch es aus den Klosetts, und aus verlotterten Hähnen tropfte Wasser.

Im vierten Stock drückte Hornschuh erneut auf den Lichtschalter, fand den Namen, den er suchte, und klingelte. Kurz darauf hörte er schlurfende Schritte, die, wenige Zentimeter von Hornschuh entfernt, hinter der Tür anhielten.

»Wer ist da?« wollte eine Frau wissen.

»Kriminalpolizei. Ist Herr Bruno Krieschke oder Frau Joanne Krieschke zu Hause?« fragte Hornschuh in dem bestimmten, aber freundlichen Ton, den er sich in nunmehr dreijähriger Tätigkeit bei der Kriminalpolizei besonders im Umgang mit einfachen Menschen angeeignet hatte, nachdem ihm bewußt geworden war, daß die meisten mehr Sorgen als Vergnügen im Leben hatten.

Er musterte den Spion in der Türfüllung, seinen Augen gegenüber, aber er blieb dunkel. Diese stumpfe Teilnahmslosigkeit drang förmlich durch das Holz, so daß er nicht weiter

überrascht war, sie auch auf dem Gesicht der Frau zu sehen, als sie endlich die Tür einen Spaltbreit öffnete.
Zu ihrem Gesicht hätte eigentlich straff nach hinten gekämmtes Haar und ein Knoten gehört. Aber sie hatte den verzweifelten Versuch gemacht, es der gerade herrschenden Mode entsprechend zu frisieren. Das verlieh ihr den Ausdruck einer Morphiumsüchtigen, einer Säuferin oder einer Lebensmüden. Sie sagte nichts. Aus der Küche drang das Schnarchen eines Mannes, und Hornschuh sah seine Beine in Socken auf der Seitenlehne einer Bank liegen.
»Wissen Sie, was jungen Mädchen passieren kann, die von zu Hause weglaufen und um die sich keiner kümmert, Frau Krieschke?«
»Wollen Sie sie vielleicht suchen?« fragte die Frau und öffnete die Tür jetzt etwas weiter. Ein Schimmer von Interesse huschte über ihr Gesicht. »Woher wissen Sie denn überhaupt, daß sie nicht zu Hause ist?«
Hornschuh zuckte mit den Schultern. »Das ist im Moment unwichtig. Darf ich reinkommen? Die Sache«, sagte er, während er sich an ihr vorbeischob, »hat auch noch eine andere Seite. Wahrscheinlich werden Sie nicht wollen, daß man Sie zur Verantwortung zieht, wenn das Mädchen – wie alt ist Ihre Tochter übrigens?«
»Zwanzig«, antwortete Frau Krieschke und drückte unschlüssig die Flurtür zu. Ihre Augen waren aufgestörte Kreise aus unbestimmbarer Farbe in dem hellen Fleck ihres Gesichts.
»Na ja, sehen Sie ...« sagte Hornschuh, obwohl er genau wußte, daß kein Richter die Eltern eines zwanzigjährigen Mädchens mangelnder Aufsicht beschuldigen würde. Er betrat die Küche. Der Mann erwachte, als Hornschuh einen Stuhl scharrend zu sich herüberzog.
»Steh auf, Bruno«, rief Frau Krieschke und versuchte ihre Hände mit den ungepflegten Fingernägeln unter der schmuddeligen Schürze zu verbergen. »Ein Herr von der ... na ja, wegen der Jutta.«

Bruno Krieschke sah Hornschuh müde und mißtrauisch an.
»Warum hast du ihn reingelassen, Hanne?«
»Er sagt, sie würden uns einen Strick drehen, wenn wir nicht die Polizei . . .«
Krieschke blieb bewegungslos liegen.
»Willst du nicht wenigstens aufstehen, Bruno?«
Doch der verzog nur das Gesicht.
»Reden Sie keinen Blödsinn, Mann«, sagte er. »Haben Sie eine zwanzigjährige Göre?«
Hornschuh verneinte.
»Aber ich habe eine. Und vorher hatte ich schon zwei. Und einen Bengel. Mir machen Sie nichts vor. Die können für sich selber sorgen. Und sie tun's auch, worauf Sie sich verlassen können. Glauben Sie, so eine kümmert's, wenn ich Blut huste?«
Hornschuh setzte sich und legte seinen Hut auf den Tisch.
»Und wenn es sie nun doch kümmert?«
Krieschke starrte Hornschuh verständnislos an. Dann richtete er sich langsam auf und angelte nach seinen Pantoffeln. Das schüttere Haar war zerzaust, und sein Lachen klang höhnisch.
»Sie sind verrückt, Mann. Stecken Sie Ihre Nase da nicht rein. Da kommt nichts raus, hahaha.«
Hornschuh knöpfte seinen Mantel auf. »Darf man hier rauchen?« Er zog ein Zigarettenpäckchen aus der Hosentasche.
»Ja, was ich sagen wollte, Sie hätten wohl gar nichts dagegen, wenn das Mädchen nicht wieder zurückkäme?«
Er bot Krieschke eine Zigarette an. Dieser inhalierte tief und dachte nach.
»Nee«, sagte er schließlich, »eigentlich nicht, was, Hanne? Wir könnten dann . . . warum?«
Wir könnten dann das Zimmer vermieten, hatte Bruno Krieschke antworten wollen. Aber im selben Moment waren ihm Zweifel gekommen, daß sie jemanden finden würden, der das Zimmer für längere Zeit mieten würde.

»Ich meine nur«, sagte Hornschuh, »wenn Ihre Tochter gefunden wird? Tot vielleicht oder so . . .«
»Tot? Daß ich nicht lache. Wissen Sie, was die macht? Nein? Dann will ich es Ihnen sagen. Die streunt irgendwo herum und verdient sich ein paar Mark extra. Was glauben Sie, was die so bei Wedekamp hat? Was meinen Sie denn, was die für die Dreckarbeit am Lager bezahlen, hahaha.«
Es war offensichtlich, daß er bei Hornschuh keine Kenntnis sozialer Verhältnisse voraussetzte. Ein Beamter hat ein Gehalt, Pension, Zuschüsse. Woher soll er schon wissen, wie es am Lager bei Wedekamp zugeht?
»Nee, mein Lieber«, fuhr er etwas gemäßigter fort. »Und was die heute alles haben müssen. Radio sogar im Bett, Plattenspieler, zweimal die Woche Friseur und 'nen Haufen Kleider. Kein Wunder, daß es vielen nicht reicht. Früher hat man das gehabt, was man zahlen konnte, heute sagen sie sich: Wo krieg ich das Geld her für das, was ich alles möchte. Wundert Sie da noch irgend etwas?«
»Ist das eine Vermutung, oder wissen Sie es?« unterbrach ihn Hornschuh geduldig. »Das mit dem Nebenverdienst, meine ich.«
Frau Krieschke lehnte am Herd, die Hände unter der Schürze, und schien nur mit Mühe die Tränen zurückhalten zu können. Hornschuh zog an seiner Zigarette und sah sie an.
»Glauben Sie das auch, Frau Krieschke?« fragte er sie. »Oder redet Ihr Mann nur so?«
»Er weiß es nicht«, antwortete sie. »Sie ist fast jeden Tag fort und kommt nachts zurück. Einmal ist sie auch erst am übernächsten Tag wiedergekommen. Kein Wort hat sie gesagt. Er weiß es nicht.«
Hornschuh sah sich um. Es war eine ärmliche und ungepflegte Küche. Hier schien die Zeit seit zwanzig Jahren stehengeblieben zu sein. Die Nacht blickte dunkel und freudlos durch ein Fenster ohne Gardinen. Irgend etwas stimmte hier nicht. Die Leute müßten doch besser leben können.

Bruno Krieschke war Gießmeister in einer großen Maschinenfabrik. So stand es jedenfalls im Adreßbuch. Und kein Plattenspieler? Kein neues Möbelstück? Nicht einmal ordentliche Tapeten an den Wänden.
»Wann haben Sie sie zum letztenmal gesehen?« fragte er.
»Na, gestern morgen, als sie das Haus verließ. So um halb acht. Sie geht meistens zu Fuß«, sagte Krieschke unbeteiligt.
»Und was hatte sie an?«
Bruno Krieschke starrte auf seine Frau.
»Was wird sie angehabt haben? Was hat sie denn angehabt, Hanne?«
»Ihren grauen Rock und einen lila Pullover. Und den flaschengrünen Mantel mit dem breiten Kragen. Braune Schuhe mit hohen Hacken, schon ein bißchen abgetreten. Ich habe ihr immer gesagt, sie müßte doch mal . . .«
»Haben Sie eine Fotografie von ihr?« unterbrach sie Hornschuh, während er ein paar Notizen in seinen Taschenkalender kritzelte. »Und kann ich ihr Zimmer mal sehen?«
Frau Krieschke nickte dumpf. »Wenn Sie wollen.«
Sie ging durch einen schlecht gelüfteten Flur voraus und stieß eine Tür auf, während ihr Mann eine Zeitung in die Hand nahm, die er, ohne sie auseinanderzufalten, zu lesen begann.
Eine matte Birne beleuchtete ein kleines Zimmer, in dem nichts stand außer einem eisernen Bett, einem Schrank mit einer Tür, die nicht schloß, einem winzigen Tisch und einem gelben Sessel. Auf dem Boden lag ein quadratischer Wollteppich in freundlichen, hellen Farben, und das überraschte Hornschuh und kam ihm merkwürdig vor. Über dem Bett hing ihre Fotografie. Ein hübsches Mädchengesicht mit etwas zusammengekniffenen Augen, kurzgeschnittenem blondem Haar, weichem Kinn, fast noch ein Kind.
»Ein Mitschüler hat sie zur Feier der Lehrlingsprüfung vor ein oder zwei Jahren gemacht.«
Hornschuh nickte. »Kann ich sie mitnehmen? Sie kriegen sie wieder.«

Er nahm die Fotografie vorsichtig aus dem Steckrahmen. »Jutta, zur Erinnerung an den 15. Mai 1963«, stand auf der Rückseite. Darunter ein B und ein R.
»Kennt sie den noch?«
»Woher soll ich das wissen?«
»Hat sie Freunde?«
»Keine Ahnung. Hierher mitgebracht hat sie nie einen. Sie schämt sich wahrscheinlich.«
Plötzlich begann sie zu schluchzen und verschwand wie ein Schatten aus dem Zimmer. Hornschuh schüttelte den Kopf und ging wieder zurück in die Küche. Bruno Krieschke lag wie vorher auf der Bank und las die Zeitung. Seine Frau kramte in einem anderen Zimmer. Wahrscheinlich suchte sie nach einem Taschentuch.
»Haben Sie jetzt genug geschnüffelt?« fragte Krieschke mit dem Unterton aufsässiger Frechheit, den Hornschuh nur zu gut kannte. Er war fast immer eher ein Zeichen von Hilflosigkeit als von Selbstbewußtsein.
»Woher wissen Sie denn eigentlich was von der Sache?«
Hornschuh zuckte mit den Schultern. »Das kann ich Ihnen nicht sagen. Es kommt direkt vom Chef.«
»Ihr Chef soll seine Nase nicht in Sachen stecken, von denen er nichts versteht.«
Hornschuh sah den Mann ein paar Sekunden lang an. Dann nahm er seinen Hut und schob die Zigaretten in die Tasche.
»Wir verstehen mehr, als Sie denken«, erwiderte er und ging hinaus. Auf dem Flur rief er: »'n Abend, Frau Krieschke.«
Frau Krieschke antwortete nicht. Aber das Kramen hörte auf. Es war ganz still, und Hornschuh vernahm, wie der elektrische Zähler tickte, als er draußen auf den Knopf der Treppenhausbeleuchtung drückte.
Im Zwischengeschoß öffnete er die Tür des Klosetts und trat mit dem Fuß mitten in klirrendes Glas. Als er die Tür ganz aufstieß, sah er Dutzende von Flaschen auf dem Boden stehen. Er hob eine davon auf und las »Dry Gin«. Nachdenklich stellte er sie zurück. Es war nicht der Mann. Hornschuh war

sicher, daß es die Frau war. Und jetzt wußte er auch, warum Jutta Krieschke sich schämte.
Hornschuh sah auf seine Armbanduhr. Es war kurz nach acht. Und später erinnerte er sich noch oft daran, daß es der 10. November gewesen war.

3

Kettarah V hieß der schäbige alte Kasten, der unter seinen Füßen mißmutig in allen Nieten quarrte und den rostigen Rumpf träge durch das schmutzige olivgrüne Wasser des India-Hafens schob.
Kettarah V – kaum einer an Bord wußte, warum er so hieß, wer ihn auf diesen Namen getauft hatte und wo. Nur wann das gewesen war, wußte man. Es stand auf einem grünspanüberzogenen Bronzeschild unterhalb der Brücke und war achtunddreißig Jahre her. Und achtunddreißig Jahre sind eine lange Zeit, sogar für ein Schiff.
Sie waren alle *Kettarah* getauft, alle fünf. Und es hieß, der Reeder säße in Saloniki in einem Bungalow mit Privatfilmtheater und Swimmingpool. Keiner hatte ihn jemals zu Gesicht bekommen, außer dem Alten natürlich, der ab und zu von irgendeinem Hafen aus nach Saloniki flog, gutgelaunt an Bord zurückkam und schwieg wie ein Grab.
Alle paar Jahre tauchte irgendwo in der Ägäis, an der Goldküste, im Golf von Aden oder sonstwo ein Bursche auf, der sich Inspektor nannte und sich vergewisserte, daß der Kahn noch nicht auseinanderfiel. Das letztemal war es ein schleimiger, stets lächelnder Filipino gewesen, mit Maßanzug und Perle im Schlips. Sein Lächeln verschwand nur, wenn er schrieb. Zahlen, Maße, Zahlen, Währungen und erneut Maße.
Dann schlichen sie wieder aus dem Hafen wie ein rostiger Topf, dem jemand einen Tritt versetzt hatte, damit er vorne

spitz wurde, mit einem Heck, gewölbt wie ein Damenschuh, und einem Brückenhaus, aus rostfarbenen Holzplanken zusammengenagelt. Als Heimathafen stand Piräus am Heck. *Kettarah V, le Pirée* war dort zu lesen, wenn man gute Augen hatte. Aber solange Hendrik Maggus an Bord war, hatte das Schiff seinen Heimathafen noch nie angelaufen. Und das waren sieben Jahre. Eine lange Zeit, auch für einen Mann.
Er hing über der Reling, die Zigarette im Mundwinkel, und starrte auf die schmutzigen Lagerhäuser drüben am Kai, die riesigen stählernen Arme der Kräne, das Schienengewirr und den Abgrund schmutzbedeckten Wassers davor, der langsam schmaler wurde.
Das Manöver absolvierte Farlow, der Erste, der vorne mit den Burschen herumschrie. Zweimal war die Leine wie eine Peitschenschnur ins Wasser geklatscht, anstatt den Rand der Kaimauer zu erreichen, und der Deutsche dort drüben mit seinen zu großen Schuhen und seinem Overall, der sie auffangen sollte, grinste.
»Nach dem Manöver der Bootsmann zu mir.«
Kapitän Xerxes Lasseidas' Stimme schnitt über das Vordeck, und Farlow fuhr herum.
»Aye, aye, Sir«, rief er dünn durch das Rattern der Dieselwinsch zur Brücke hinauf. Über der Brückenpersenning war das Gesicht des Kapitäns zu sehen, olivbraun, die Augen schmale Spalten, der Mund ebenfalls schmal, die Nase gerade und das Kinn eckig. Er trug einen dunkelgrauen Ledermantel, ein orangefarbenes Halstuch und eine blaue Mütze mit goldenem K und Lorbeerkranz sowie braune Lederhandschuhe.
Jetzt sauste die Leine wieder durch die Luft. Der zitternde Malaie nahm seine ganze Energie zusammen, und plötzlich hielt der Deutsche die Leine in den Händen, zog die daran befestigte armdicke Trosse durchs Wasser und rannte stolpernd mit ihr zum nächsten Poller. Die Schiffsmaschine erstarb, die Dieselwinde stöhnte auf, *Kettarah V, le Pirée* machte zwischen Schuppen K und L fest.

Maggus spuckte in das schwappende Wasser zwischen Rumpf und Kai und warf die Kippe hinterher. Er beobachtete eine Weile, wie die Sonne hinter einer schiefergrauen Wolkenwand verschwand, dann stieg er über das Süll zum Niedergang und tauchte in einem Brodem von Öldunst, Küchengestank und stickigem, kaltem Tabakdunst unter.
Die Herren von der Hafenbehörde stolperten die Gangway herauf. Xerxes Lasseidas stand am Schanzkleid, denn er wußte, daß diese Geste bisweilen von Nutzen war. Er führte die Herren in die Kapitänskajüte, goß Kognak ein, lächelte, breitete Papiere über den Kajütentisch, Papiere, Papiere und noch mal Papiere. Und noch mal Kognak und dann Whisky. Nur ein einziges Mal war es vorgekommen, daß Beamte nach Prüfung der whiskyfeuchten Papiere der *Kettarah V* den Wunsch geäußert hatten, die Ladung zu inspizieren, und auf schwankenden Jakobsleitern in die Laderäume hinabgeturnt waren. Ihre blassen Gesichter waren rasch wieder an Deck aufgetaucht, und lächelnd hatte Luzifer eine weitere Lage Kognak servieren lassen. Die *Kettarah V* fuhr damals Raubtiere vom Golf von Bengalen für den Stockholmer Zoo. Farlow hatte den Beamten nachgerufen, daß es, wenn sie auf etwas Weiches träten, eine Kobra sein könne. Das Weiche, auf das der Inspektor trat, war zwar nur ein aufgerolltes Tau gewesen, aber es hatte genügt. Seitdem glaubte man den Papieren. Und so auch diesmal.
»Aber ich bitte Sie, meine Herren.« Breites Lachen, Zigarrenqualm, Gemütlichkeit, Einvernehmen. Natürlich, Käpt'n, Formalitäten, Käpt'n, Marmor aus Alicante, Wein, Zedernholz aus dem Libanon, Olivenöl. Natürlich, natürlich.
Später gingen die Beamten der Hafenbehörde befriedigt wieder von Bord. Kurz darauf sackte der Bootsmann von Xerxes Lasseidas zusammen.
»Ganz klar, Vinzent, daß Sie hier nicht von Bord kommen. Blamiere mich mit versauten Manövern vor vier Schiffen. Ich nicht, merken Sie sich das. Sie können in Bremen von Bord. Vorausgesetzt, die Manöver klappen.«

Der Bootsmann schwieg.
»Nun«, sagte Luzifer scharf.
»Aye, aye, Sir.«
»Verschwinden.« Er wandte sich an Farlow. »Entladen beginnt morgen früh drei Uhr. Lassen Sie die Offiziere und die Freiwache von Bord. Wie üblich, Mr. Farlow.«
»Aye, aye, Sir.«
Noch später stieg Hendrik Maggus stelzbeinig wieder über das Süll nach draußen und ging zur Gangway. Er trug Hemd und Schlips, einen blauen Zivilmantel und eine Mütze mit blankem Schirm. Schließlich war er Dritter auf der *Kettarah V.*
Während er die regenglatten Planken der Gangway hinunterstieg, sah er drüben im Windschatten eines der Lagerschuppen eine Frau stehen. Sie schien eine recht gute Figur zu haben, und sie war allein. Der Wind bewegte kurzgeschnittenes blondes Haar. Sie hielt einen breiten, hochgeschlagenen Mantelkragen mit beiden Händen fest und sah unablässig zu ihm herüber.
Hendrik Maggus spürte erneut das Unbehagen, das ihn befallen hatte, als er erfuhr, daß die *Kettarah V* wieder Hamburg anlaufen würde. Sonst ging er gerne von Bord, wenn das Schiff im Hafen lag. Aber diesmal war es etwas anderes. Diesmal und hier. Vor allem hier.
Er schob die Hände tief in die Taschen seines Mantels und mußte sich nicht einmal dazu zwingen, nicht mehr zu ihr hinüberzusehen. Aber dann tat er es doch wieder, als er ihr dünnes, vom Wind halb verschlucktes »Hallo« hörte.
Sie kam, einige Male in ihren hohen Schuhen umknickend, auf ihn zu und blieb vor ihm stehen. Sie war jünger, als er zuerst gedacht hatte, und nicht ganz so hübsch, wie es aus der Entfernung schien.
»Was ist los?« fragte er.
Sie zuckte unter dem schweren Mantel mit den Schultern. »Wenn bei Ihnen nichts los ist?« sagte sie. Dabei blickte sie ihm ins Gesicht, und es kam Hendrik Maggus einen Mo-

ment lang so vor, als ob er sie schon irgendwo gesehen hätte. Sie hatte eine ziemlich breite Nase und engstehende Augen. Die lang in die Winkel getuschten Lidränder glichen das etwas aus. Die Iris war eisgrau. »Gehen wir?« fragte sie und schob ihren Arm unter seinen.

»Weiter vorne gibt es Taxis.«

Es war immer dasselbe, und Hendrik Maggus ging neben ihr die Kaistraße entlang.

»Wie geht es Kat?« fragte sie plötzlich.

Maggus zog seinen Arm aus ihrem und blieb stehen. Sie machte noch ein paar Schritte, drehte sich dann um und hielt mit beiden Händen den Kragen hoch.

»Kat?« stieß Maggus hervor. »Kat? Ich habe sie seit elf Monaten nicht gesehen. Was ist mit Kat? Was wissen Sie von Kat?« Wieder kam es ihm so vor, als sei er dieser Frau schon mal begegnet, aber sosehr er sich auch das Hirn zermarterte, er konnte sich nicht erinnern, wo.

»Nicht hier, Maggus«, sagte sie und ging weiter.

Hendrik Maggus folgte ihr, die Hände in den Taschen seines Mantels. Er stolperte über Kabelwerk und rostige Eisenbahnschienen. Sie erreichten die Fahrbahn am Veddeler Damm. Eine frühe Dunkelheit brach herein. Bleifarbene, tiefziehende Wolken schoben sich jetzt über das Graugrün des abendlichen Winterhimmels. Überlaut trug der Westwind das klirrende Zusammenstoßen langer Waggonreihen von den Rangiergleisen herüber. Riesige Bogenlampen hingen als feuchte Kreise im Dunst des beginnenden Regens. Sie fanden kein Taxi, und Hendrik Maggus trottete fluchend neben der jungen Frau her, die manchmal, wenn ein harter Windstoß sie schwanken ließ, den breiten Mantelkragen enger um den Hals zog.

Maggus forschte in ihrem Profil. Sie hatte einen hübschen, aber primitiven Mund mit aufgeworfenen Lippen. Das Kinn war etwas zu voll und sehr weiß. Es paßte nicht zu dem harten Blick ihrer grauen Augen.

»Kat, Kat«, murmelte er schließlich, während sie stehenblie-

ben, ehe sie die Straße überquerten. »Kat. Es ist lange her. Elf Monate.«
Er griff nach ihrem Ellbogen und zog sie über die Fahrbahn. »Ich habe sie auch seit einem Jahr nicht mehr gesehen. Sie schuldet mir Geld. Ich dachte, Sie wüßten etwas von ihr.«
»Wie kommen Sie darauf?«
»Ich dachte nur so.«
Links neben ihnen zeichneten Masten ein bizarres Gitter in den Regendunst. Als sie die Freihafenbrücke überquerten, war die Norderelbe im Schein verirrter Bogenlampen aufgerauht wie eine Fischhaut, schillernd und kalt.
Plötzlich dachte Hendrik Maggus sehnsüchtig an den warmen, stickigen Dunst in der Messe der *Kettarah V.* Wenn er doch nur nicht von Bord gegangen wäre. Er hatte Angst. Ja, das war es. Er lachte einmal kurz in sich hinein.
»Was ist los?« fragte die Frau.
»Was wollen Sie von mir?«
Hendrik Maggus' Stimme war heiser. Quälend langsam knirschte ein kurzer Güterzug vor ihnen in rillenförmig vertieften Schienen über die Straße.
»Was soll ich schon wollen? Das wissen Sie doch. Oder sind Sie vielleicht von gestern? Sie wären der erste.«
Sie lachte verächtlich, und ein harter Blick streifte sein Gesicht.
»Haben Sie wenigstens ein Zimmer?« fragte Maggus.
»Ja. Am Hansaplatz. In einem Rückgebäude. Man ist ungestört, und es liegt sehr zentral.«
»Also los«, sagte Maggus. »Dann kommen Sie schon.«
Sie gingen an dem trübe schwappenden Wasser des Billhafens entlang. Plötzlich zog sie ihre Hand aus seiner Armbeuge.
»Es ist verdammt dunkel hier«, sagte sie. »Gehen wir oben.«
Sie deutete hinauf auf den Brückendamm, auf dem starker Verkehr herrschte. »Dort kommt auch schneller ein Taxi.«
»Blödsinn«, erwiderte Maggus. »Das hier ist der kürzeste Weg. Da oben auf dem Brückendamm kann bei diesem Be-

trieb kein Taxi anhalten. In zwanzig Minuten sind wir am Dovenfleet. Wir gehen über die Poggemühle. Sie sollten sich doch eigentlich auskennen.«
»Ich fahre immer Taxi.«
Aber dann lief sie doch neben ihm her, hinein in die Dunkelheit. Riesige Lagerhäuser warfen ihre Schatten über die Kais, und verzerrt schwammen ab und zu die widergespiegelten Aufbauten von Schiffen auf dem finsteren Wasser.
»Woher kennen Sie Kat?« fragte Hendrik Maggus.
»Woher soll ich sie schon kennen? Wir kennen uns alle. Die meisten von uns kennen sich.«
»Und warum fragen Sie ausgerechnet mich nach Kat?«
»Weil Sie der letzte sind, mit dem sie gesehen worden ist.«
»Wer hat mich gesehen?« fragte Hendrik Maggus. »Woher wissen Sie das?«
»Eine andere Bekannte hat Sie mit Kat gesehen.«
»So«, sagte Hendrik Maggus und blieb plötzlich stehen. »Und wieviel Geld schuldet Ihnen Kat?«
»Warum wollen Sie das wissen?«
»Nun«, sagte Maggus, »ich gebe Ihnen das Geld. Auf Heller und Pfennig. Und dann verschwinden Sie. Abgemacht?«
Er war nicht sehr erstaunt, als sie zögerte, denn in diesem Augenblick, während er sie gespannt ansah, glaubte er zu wissen, was sie von ihm wollte. Das bißchen Geld, das ein anderes Mädchen ihres Milieus ihr schulden konnte, würde ihr nicht genügen.
»Es gibt doch kein besseres Geschäft für Sie, oder? Ihren Preis für heute bekommen Sie noch dazu. Na?«
Die junge Frau sah um sich, als ob sie nach etwas suche. Maggus schob den Mantel zurück und zog seine Geldbörse aus der rückwärtigen Hosentasche.
»Bin ich so eine?« sagte sie schließlich. »Oder sind Sie krank? Oder was ist mit Ihnen los?«
»Also nicht? Dann gehen wir endlich weiter.«
Aber sie blieb stehen. Hendrik Maggus sah, wie sie sich auf die Lippe biß und nicht recht wußte, was sie tun sollte.

»Ich will da oben laufen«, sagte sie nach einer Weile und deutete wieder auf den Brückendamm.
Ohne darauf einzugehen, fragte Maggus unvermittelt: »Welche Bekannte hat mich mit Kat gesehen? Woher weiß diese Bekannte, wie ich heiße und zu welchem Schiff ich gehöre? Wieviel Geld schuldet Ihnen Kat? Wie kommen Sie dazu, die Schiffslisten durchzusehen und elf Monate auf mich zu warten? Ich will das wissen. Ganz genau. Warum gehen Sie nicht auf meinen großzügigen Vorschlag ein und verschwinden? Was wollen Sie noch von mir? Sie können heute abend noch einen anderen finden. Raus mit der Sprache!«
Die junge Frau war, während er redete, ganz langsam mit kleinen Schritten vor ihm zurückgewichen, und er war ihr unbewußt ebenso langsam gefolgt. Jetzt drehte sie sich plötzlich um und begann fortzulaufen, hastig und unsicher mit ihren viel zu hohen Schuhen. Sie knickte um und stöhnte. Aber sie riß sich zusammen und lief weiter. Mit zwei, drei Schritten hatte Maggus sie eingeholt und packte sie am Arm. Er riß sie zurück, daß sie taumelte.
»So kommen Sie mir nicht davon«, keuchte er und starrte in ihr Gesicht, das plötzlich vor Angst entstellt war.
»Laß – lassen Sie mich«, stöhnte sie, denn Maggus schüttelte sie so, daß sie Mühe hatte, sich auf den Beinen zu halten. Aber Hendrik Maggus hatte die Gewalt über sich verloren. Seine Hände legten sich wie Klammern um ihren Hals. Er stieß ihn so heftig hin und her, daß ihr Kopf schwankte. Sie bekam keine Luft mehr.
»Los, raus mit der Sprache!«
Er mußte wissen, ob seine Erinnerung ihn täuschte. Noch konnte es ja sein. Er spürte eine wilde Hoffnung, daß dem so war, und sehnte eine Bestätigung dafür herbei. Aber dazu mußte sie endlich reden.
»Raus mit der Sprache!«
»Sie wollen mich auch ...« Die junge Frau würgte und keuchte, zerrte an seinen Händen und versucht seine Unter-

arme auseinanderzubiegen. »Sie haben Kat ... Ich schreie, so laut ich kann.«
»Was habe ich Kat?« brüllte Maggus, außer sich vor Angst. Im selben Augenblick wurde ihm bewußt, daß er viel zu laut war. »Was habe ich Kat?« stammelte er noch einmal, heiser, flüsternd, und sein warmer Atem streifte ihr Gesicht.
»Nichts haben Sie, gar nichts. Nichts, ich schwöre es Ihnen«, winselte sie. »Lassen Sie mich los. Ich habe doch gar nichts gesehen. Ich weiß nichts.«
»Was habe ich Kat?« Sein Kopf war vorgereckt, die Kinnbakken spannten sich. »Raus mit der Sprache!« Trotz des Lärms, der von dem Brückendamm herunterdröhnte, hörte er das Scharren ihrer Füße. Sie trat gegen seine Schienbeine. »Vorher lasse ich nicht los. Raus mit der Sprache!«
»Sie haben sie gewürgt. Ich habe sie gefunden. Sie haben geglaubt, ich wäre nicht da, aber ich war doch da. Ich habe sie ...«
Ihre Stimme erlosch in einem erschöpften Gurgeln. Instinktiv lockerte Maggus seinen Griff.
»Und jetzt glauben Sie ...« stieß er hervor. »Jetzt meinen Sie, Sie könnten ... Aber das sage ich Ihnen ...«
Er wußte nun genau, daß er sich nicht getäuscht hatte. Sie machte eine durch ihre jagende Angst verstärkte, ruckartige Bewegung, kam frei, taumelte und drehte sich um, um wegzulaufen. Irgendwohin. Nur fort, fort von diesen entsetzlichen Händen.
»Wenn Sie schreien, bring ich Sie um«, keuchte Hendrik Maggus hinter ihr her. Aber gleich darauf spürte er einen eisigen Schreck.
»Bleiben Sie stehen!« schrie er, so laut er konnte. »Verdammt noch mal, so bleiben Sie doch stehen.«
Aber sie lief weiter, immer wieder umknickend und mit den Stöckeln in die Rillen von Schienen geratend. Maggus stürmte hinter ihr her und sah plötzlich undeutlich in der Dunkelheit, daß sie die Arme in die Luft warf und nach vorne gerissen wurde. Er sah auch noch, wie ihr Kopf zu-

rückkippte, und hörte den kleinen, spitzen, zaghaften Schrei, den sie ausstieß, als sie ins Wasser stürzte.
Hendrik Maggus zerrte im Laufen den Mantel von seinen Schultern. Als er die Stelle erreichte, wo sie verschwunden war, bemerkte er gerade noch rechtzeitig das heimtückisch gestraffte Kabel, in dem sie sich mit den Füßen verfangen hatte.
Er blieb stehen, schwankte und rieb sich über die Stirn, daß die Mütze auf das glitschige Pflaster fiel. Einen Meter jenseits des Kabels machte der Kai einen Knick. Dahinter war Leere, ausgefüllt von dem träge glucksenden Schwappen eiskalten Wassers.
Sonst war es still.

4

Klapprodt kam meistens gegen drei Uhr nachmittags, manchmal, wenn er seinen Mittagsschlaf länger ausdehnte, auch erst gegen vier. An solchen Tagen war Hüttemeister schon da, hatte aufgeschlossen, die Fenster zum Hof sowie die Hintertür geöffnet, daß Luft hereinkam, und Licht gemacht. Dann baumelten die großen, paillettenbesetzten Pappfische, die an der Decke hingen, in der Zugluft und starrten mit blöd glotzenden Knopfaugen in das ungewohnte Tageslicht.
Klapprodt brachte die altmodische eiserne Kasse mit dem ersten Wechselgeld persönlich mit. Der Betrieb begann um acht, und bis dahin war noch eine Menge zu tun.
Hüttemeister hörte den Schlüssel im Schloß rumoren, dann klirrte die gläserne Eingangstür. Klapprodt sperrte wieder von innen ab, schob den weinroten Filzvorhang auseinander und betrat sein Lokal.
Er ließ mit einem angewiderten Ausdruck im Gesicht seinen Blick über die Einrichtung schweifen. Die Bartheke war fast

neu. Achteinhalbtausend Mark hatte ihn das vor zwei Jahren gekostet, mit den etwas geneigten Spiegelwänden dahinter, die das Lokal doppelt so groß erscheinen ließen, als es in Wirklichkeit war. Aber es sah prachtvoll aus, und das Rot der Wandverkleidung gab dem Raum etwas Anheimelndes. Ohne die farbigen Decken sahen die abgeschabten Tische und Stühle in der Dämmerung der Nischen allerdings schäbig aus. Die breiten Eckbänke bedurften dringend neuer Bezüge, und an manchen Stellen wellte sich die Tapete.

»Da kannst du mal was drüberpinseln«, sagte Klapprodt, schob die Kasse unter die Bartheke und deutete auf eine Stelle rechts hinter dem Podium, wo abends das Orchester saß.

Aus der Tür, durch die man zu den Toiletten, zur Rückseite der Garderobe, zu Klapprodts Büro und auf den Hof gelangte, war Hüttemeister aufgetaucht. Sein Blick versuchte die Richtung zu erraten, die Klapprodt meinte.

Hüttemeister hatte schon bei der Marine, wo er auf demselben U-Boot wie Klapprodt fuhr, Dekorationstalent entwickelt. Damals waren es, der Zeitströmung entsprechend, blonde und blauäugige Mädchen gewesen, die, aus Pappe ausgeschnitten und bemalt, mit Ausnahme der Kommandantenkammer und der Turmzentrale fast alle Räume des Bootes geschmückt hatten. Hüttemeister hatte nicht nur ihre Körper naturgetreu gestaltet, sondern lieferte auch aus bemaltem Packpapier gefertigte Kleidungsstücke für die jungen Damen, die man ihnen während der endlosen Atlantik- oder Eismeermonate je nach Belieben und Stimmung aus- oder anziehen konnte. Er hatte jetzt in der Dämmerung endlich die Stelle entdeckt, auf die Klapprodt deutete. »Das sieht man doch abends gar nicht«, sagte er. »Aber wenn du meinst.«

»Die Renovierung geht zu Lasten des Erwerbers«, erwiderte Klapprodt. »Trotzdem kannst du, bis es soweit ist, noch was drüberpinseln. Irgendwas Exotisches.«

Hüttemeister nickte. Klapprodt ging hinter die Bar und schaltete die indirekte Beleuchtung ein. Er musterte die Parade der Flaschen und wühlte aus einer großen Schublade einen Notizblock heraus. Nachdem er sich notiert hatte, was für heute abend noch fehlte, ging er nach hinten und verschwand im Keller. Hüttemeister stand hinter der Theke, hatte eine Tablettenschachtel geöffnet, nahm vier Pillen heraus und schluckte sie. Dabei beobachtete er sich im Spiegel. Im Spiegel sah er auch Klapprodt zurückkommen, beide Arme voller Flaschen, die er nacheinander auf der Theke abstellte.
Klapprodt brummte etwas vor sich hin.
»Du möchtest wohl gerne«, sagte Hüttemeister.
»Halt die Schnauze«, knurrte Klapprodt.
»Ich meine es ja nicht so«, sagte Hüttemeister. »Aber es muß doch ein trauriges Gefühl sein.«
Klapprodt legte seine rechte Hand auf die Lebergegend und schwieg. Später ordnete er die Flaschen ein. Dann ging er nach hinten in sein Büro, um beim Großhändler die Nachbestellung für Spirituosen aufzugeben.
Hüttemeister begann die Stühle von den Tischen zu nehmen. Als er damit fertig war, folgte er Klapprodt ins Büro. Er ließ sich in einen der abgewetzten Ledersessel fallen, hängte die Beine über die Armlehne, zündete sich eine Zigarette an und sah Klapprodt zu.
Klapprodt saß zurückgelehnt auf seinem Schreibtischstuhl und hielt einen Stoß Fotografien in den Händen, die er liebevoll betrachtete.
»Wofür du das alles noch machst, möchte ich wissen«, sagte Hüttemeister. »Du hast doch ein Haus in Bahrenfeld, deinen Alfa Romeo und alles, was du willst. Wenn man dich sonntags sieht, hält man dich für einen feinen Mann.«
»Wenn man nicht genau hinschaut, was? Und außerdem ist niemand drin.«
»Wo drin?«
»Im Haus. Und im Alfa Romeo.«

»Entschuldige«, murmelte Hüttemeister. »Ich habe wieder mal nicht daran gedacht.«
Klapprodt wollte nicht an seine Frau erinnert werden, die vor neunzehn Jahren bei einem Luftangriff ums Leben gekommen war. Und man erinnerte Klapprodt schon an seine Frau, wenn man auch nur im geringsten auf sein Privatleben anspielte. Hüttemeister, der Klapprodt Abend für Abend seinen Laden in Schwung halten sah, konnte sich manchmal gar nicht vorstellen, daß Klapprodt jemals außer sich selbst noch einen anderen Menschen geliebt hatte.
Klapprodt ließ die Fotografien zwischen Daumen und Zeigefinger wippen, blinzelte Hüttemeister an und sagte: »Du Kretin.«
»Ich habe wirklich nicht daran gedacht.«
»Das höre ich jedesmal.«
»Warum machst du das eigentlich?« Hüttemeister deutete auf die Fotografien in Klapprodts Hand.
»Meinst du, ich lasse mich hier mit der *Kaskade* kaputtmachen, um mich dann in meine Hollywoodschaukel zu setzen und zu warten, bis ich sterbe?«
Hüttemeister zuckte mit den Schultern. »Das tun wir doch alle. Nur manche nicht in einer Hollywoodschaukel. Außerdem kannst du nach Lugano oder an die Côte d'Azur. Du kannst doch gehen, wohin du willst.«
»Und dann?« fragte Klapprodt.
Hüttemeister schwieg.
»Weiber vielleicht?« Klapprodt legte die Fotografien zur Seite und nahm seinen Brieföffner in die Hand. »Das wäre dein Traum, du Kretin. Ich habe meine Weiber gehabt. Darüber bin ich hinaus.«
»Und außerdem kannst du auch gar nicht mehr mit deinen mehr als fünfzig Jahren und deinem Leberschaden«, sagte Hüttemeister boshaft.
Klapprodts Gesicht blieb unbewegt. Nur um seine Augenwinkel bildeten sich Falten, als lächle er. »Du Kretin«, sagte er sanft. »Mit *deinem* Körper bist du gezeichnet.«

»Ich könnte wenigstens noch«, entgegnete Hüttemeister und grinste. »Trotz meiner Spinnenbeine und meines Wasserkopfs.«
»Na, dann tu es doch«, sagte Klapprodt. »Solange du nur davon redest, wird's nichts.«
»Du Schwein.«
»Denk an Planquadrat Qu 17, und halt deinen Mund«, erwiderte Klapprodt. »Wir haben für solche Worte zu lange gemeinsam im Dreck gesteckt.«
Wenn Hüttemeister sich recht daran erinnerte, verdankte er es Klapprodt, daß er, als sie damals im Qu 17 elf Tage bei minus zwei Grad Wassertemperatur und ausgefallener Heizungsanlage auf das Geleit gewartet hatten, nicht irrsinnig geworden war. Klapprodt war damals Maat gewesen.
Hüttemeister drückte nachdenklich seine Zigarette aus.
»Und außerdem bekommst du ja deinen Anteil vom Ertrag der *Ajax*.« Klapprodt klopfte mit drei Fingern auf den Stapel der Fotografien. »Schließlich habe ich dich für deine Idee zum Teilhaber gemacht. Was willst du denn mehr? Nee, mein Junge«, er lachte plötzlich auf, »mir genügt es nicht, mich in die Sonne zu legen und zu warten. Wenn ich krepiere, dann krepiere ich auf meinen eigenen Planken. Das war mein Traum, seit ich zur Schule ging. Und wenn es auf anständige Weise nicht geht, so eben auf unanständige. Dann mache ich Geld in großem Stil. Dann mache ich etwas, was kein anderer macht, und wenn ich dazu Lust habe oder wenn ich spüre, daß ich um meinen Leberkrebs nicht herumkomme, lasse ich den Kahn auf eine Klippe laufen und absaufen und singe mein Lied dazu. Verstehst du das?«
»Nein«, sagte Hüttemeister. »Aber du wirst dir schon was dabei denken. Daß das hier an der Großen Freiheit langsam alles kaputtgeht, hast du jedenfalls früher gemerkt als die anderen. Das merkt sogar ein Romantiker wie du.«
»Romantiker«, wiederholte Klapprodt amüsiert und hob den Kopf. Die Eingangstür war geöffnet worden. »Schlickchen kommt«, sagte er und sah auf die Uhr. »Schon halb sechs.

Schau draußen nach dem Rechten, damit die *Kaskade* heute abend ihren Gästen wieder etwas bieten kann.«
Er blickte Hüttemeister nach, bis er die Tür hinter sich geschlossen hatte, und betrachtete dann erneut langsam und genießerisch eine Fotografie nach der anderen.
Soweit es möglich war, bekam sein Gesicht dabei einen zufriedenen Ausdruck.

5

Ungefähr zur gleichen Zeit, da Hornschuh im Zwischengeschoß zum vierten Stock in der Markmannstraße in die leeren Ginflaschen trat und im Billhafen ein Mädchen ertrank, ging Jutta Krieschke mit vor Erregung hämmernden Schläfen durch die Straßen von St. Pauli.
Die Nacht hatte sie bei einer früheren Kollegin verbracht, die vor zwei Jahren denselben Weg beschritten und sich in dieser Zeit dreizehntausend Mark erspart hatte. Sie wohnte in einem hübschen Apartment und würde in einem oder zwei Jahren ein kleines Café oder eine Eisdiele eröffnen.
»Wenn man kein Kapital hat, muß man eben durch den Dreck. Es ist kein Zuckerlecken, Jutta«, hatte sie gesagt, »aber es bleibt was hängen. Du mußt nur sehen, daß du zwischen den Schlägergangs durchkommst. Doch uns tun sie im allgemeinen nichts. Aber laß dich von keinem anheuern, der dich als Lockvogel haben will, selbst wenn er viel dafür bezahlt.«
Sie hatte ihr auch gesagt, wie sie es machen müsse. Die Portiers der Etablissements seien von ihren Chefs angehalten, auf Mädchen zu achten, die für ein Lokal geeignet seien, und sie müsse nur nach acht langsam durch die Straßen gehen, dann würde sich schon etwas tun.
Der schielende magenkrank aussehende Bursche in seiner weinroten, goldstrotzenden Uniform, der sie schließlich

leise und verschlagen ansprach, war nicht besonders sympathisch. Aber Glowienka wußte sofort, was die Kleine wollte. Er reckte den Kopf wie ein Raubvogel vor, daß der Adamsapfel aus dem Kragen seines Mantels hüpfte.

»Schon 'ne Verabredung, Frollein? Oder möchten Sie mal bei uns reinschauen? Netter Laden hier. Sie können auch Bier trinken.«

Jutta blieb unschlüssig stehen. Der Bursche, der sie von Kopf bis Fuß musterte, gefiel ihr überhaupt nicht.

»Oder suchen Sie vielleicht einen Job, Frollein?«

»Könnte sein«, antwortete sie. »Was haben Sie denn?«

»Nichts«, sagte Glowienka und grinste. »Sie sind noch nicht einundzwanzig. Da ist nichts zu machen.«

Einundzwanzig. Jutta Krieschke wandte sich zum Gehen. Es schien also doch nicht so leicht zu sein, wie sie es sich vorgestellt hatte.

»Warten Sie einen Moment.«

Glowienka kam hinter ihr her und sah vorsichtig nach rechts und links. Die Portiers der anderen Lokale murmelten ihre verlockenden Angebote und warteten nur darauf, daß er sich mit der Kleinen nicht einigte.

»Ich könnte Sie trotzdem mal zum Chef reinschicken. Sie brauchen es ihm ja nicht zu sagen. Wie wär's mit einem Zwanziger?«

Sie zögerte. Einen großen Teil der vierhundert Mark, die sie in ihrer Handtasche hatte, würde sie für Garderobe, für den Friseur und für eine erste Unterkunft brauchen.

»Gut«, sagte sie schließlich. »Wenn er mich nimmt.«

»Nee, Frollein, dann noch mal zwanzig. Was meinen Sie, was ich verdiene? Ich muß auch von was leben. Es ist ja schließlich ein Risiko . . .«

»Also sagen wir dreißig, wenn er mich nimmt.«

Glowienka staunte und trat von einem Fuß auf den anderen. Das hatte er noch nie erlebt. Er hätte jeden Eid darauf geleistet, daß sie neu im Milieu war. Die würde es weit bringen. Dann stieß er ganz plötzlich die Tür auf und schob sie hin-

ein. Sie stand vor einem breiten Brett, hinter dem sich die Garderobe befand. Eine blasse junge Frau hob es ebenso rasch empor, wie Glowienka die Tür geöffnet hatte, und zog sie herein.
»Warten Sie«, sagte Glowienka und verschwand in einem schmalen, dunklen Flur. Alles war eng, muffig und roch nach staubigen Stoffen, kaltem Alkoholdunst und Rauch. Von der anderen Seite drangen dumpf die Rhythmen von Tanzmusik durch eine Schleuse dicker, dämpfender Vorhänge.
Es war der gleiche Augenblick, in dem Hendrik Maggus sich im *Regenbogen* auf einen Barhocker schob und einen doppelten Whisky verlangte. Es war schon die vierte Kneipe, in der er das tat.
Endlich wurde Jutta in Klapprodts Büro gerufen. Klapprodts ins Grünliche spielende braune Augen waren mandelförmig und hatten etwas Weiches und Gefährliches. Sein trapezförmiges Kinn unterstrich das Gefährliche, und das glatt zurückgekämmte Haar war von grauen Strähnen durchzogen.
Das Büro war klein, überheizt und dämmrig. Sie hatte erwartet, mit Reißzwecken befestigte Bilder entblößter Damen und verführerische Plakate an der Wand zu sehen, wie es manchmal im Kino gezeigt wurde. Aber nichts dergleichen war der Fall. Aktenordner standen herum, genau wie im Lagerbüro bei Wedekamp, Rechnungen, Quittungen und Mahnbriefe lagen auf dem Schreibtisch, und der Mann, der sich zu ihr umwandte, hatte von ausgezogenen Frauen schon lange genug. Er sah krank aus, grau und eingefallen.
»Setz dich«, sagte er in einem ihr unbekannten Dialekt. »Davongelaufen?«
Sie nickte.
»Deine Papiere hast du verloren«, fuhr Klapprodt mehr im Tonfall einer Feststellung als in dem einer Frage fort.
»Nein.« Sie öffnete ihr Köfferchen. »Hier sind sie.«

»Ich brauche sie nicht«, sagte Klapprodt, als sie ihm ihren Reisepaß hinhielt. »Du brauchst sie. Um so besser. Von wo bist du davongelaufen?«
Die Tür öffnete sich, und Schlickchen kam herein. Sie war klein und korpulent, und der Ausschnitt ihres jadefarbenen Kleides erschien Jutta bei der Figur ein wenig zu tief.
»Das ist Schlickchen«, stellte Klapprodt sie vor. »Wir nennen sie alle so. Sie kümmert sich um dich. Wer hat dich reingeschickt, Schlickchen?«
»Glowienka«, antwortete Schlickchen und gab Jutta eine etwas dickliche, aber kräftige Hand. »Willst du hier mitmachen? Wir duzen uns alle. Wie heißt du?«
»Jutta.«
»Kann so bleiben«, fand Klapprodt. »Klingt ganz nett. Mal was anderes. Von wo bist du davongelaufen?«
Schlickchen flößte Jutta Vertrauen ein. Seitdem sie im Büro war, hatte ihre Angst nachgelassen.
»Von meinen Eltern«, sagte sie. »Ich halte es dort nicht mehr aus.«
»Und wo wohnen die?« fragte Klapprodt.
»In der Markmannstraße«, antwortete Jutta. »Rothenburgsort.«
»Wann?«
»Gestern.«
»Warst du schon mal im Milieu?«
Jutta verstand nicht, was er damit meinte.
»Nun, in so einem Betrieb wie diesem hier.«
Sie folgte mit den Augen der weitausholenden Bewegung seiner Hand.
»Nein. Ich war bei Wedekamp, im Lagerbüro«, sagte sie kleinlaut.
»Und warum bist du weggelaufen?«
»Meine Mutter trinkt, und mein Vater kümmert sich um nichts. Früher hat er es ja noch getan. Aber er hat schon drei großgezogen, und jetzt hat er nicht mehr die Nerven dazu. Ich bin alt genug. Ich will endlich mein eigenes Leben füh-

ren. Ich halte es dort einfach nicht mehr aus. Ich muß mich ja schämen, wenn ich mal jemanden in die Wohnung mitbringe. Ich will mein eigenes Leben führen.«
Klapprodt winkte ab. »Laß die Märchen«, sagte er. »Und erzähl das auch keinem anderen, sonst machst du dich von vornherein lächerlich. Also zuwenig Geld. Es ist immer dasselbe. Hier kannst du Geld verdienen. Das stimmt. Was willst du machen? Bar? Tischmädchen? Strippen? Bedienung? Du mußt dir ja was vorgestellt haben. Arbeiten mußt du überall. Und ein Nachtberuf ist anstrengend. Umsonst gibt dir keiner was. Wie alt bist du überhaupt? Ja . . .« rief er plötzlich, denn jemand hatte die Tür aufgestoßen und nannte seinen Namen.
»Herr Klapprodt soll einen Moment nach vorne kommen. Herr Schultes ist da.«
»Ausgerechnet«, seufzte Klapprodt. »Komm mit, Schlickchen, mit dem kannst du es am besten.« Zu Jutta sagte er: »Du kannst solange hier warten.«
Harry Schultes war der pensionierte frühere Kommissar der Davidswache, der mit vielen St.-Pauli-Wirten auf du und du stand. Es war besser, ihm auf die Schulter zu klopfen und einen mit ihm zu trinken, wenn er ein Lokal besuchte, denn seinen Erfolg auf dem schwierigsten Polizeiposten Hamburgs verdankte er der Tatsache, daß seine Beziehungen zu den Wirten und zum Präsidium gleich gut waren. Und das galt auch noch heute, nachdem das Präsidium ans Berliner Tor umgezogen war.
Jutta Krieschke wartete. Als es ihr zu lange dauerte, zündete sie sich tapfer eine Zigarette an. Schließlich fiel ihr Blick zu Klapprodts Schreibtisch. Dort befanden sich die Fotografien, die Klapprodt weggelegt hatte, als sie hereingekommen war. Sie nahm sie in die Hand.
Verblüfft stellte sie fest, daß es sich um ein Schiff handelte.
Es war ein altes Schiff, dessen Rumpf stellenweise mit Rost überzogen war. Es lag quer auf einer schräg abfallenden, aus Holzbrettern konstruierten Ebene an Land, und es wurde

von mächtigen Holzkeilen gestützt, daß es waagerecht stand. Das Schiff hatte, obwohl es klein war, die Form eines Kriegsschiffes, eine niedere, gedrungene Kommandobrücke, einen schrägstehenden, kurzen Mast und keinen Schornstein. Zwei große Schrauben ragten hinten aus dem tiefgezogenen Heck.

Jutta betrachtete eine Aufnahme nach der anderen. Sie zeigten alle das Schiff im ganzen oder in Einzelheiten, von denen sie nicht allzuviel verstand. Auf der Rückseite jeder Fotografie war ein Stempel aufgedruckt: Minensucher *Ajax*, Schiffseigner Werner Hüttemeister, Hamburg.

Was wollte Klapprodt nur mit diesem alten Schiff? Und wer war Hüttemeister?

Nachdenklich legte sie die Fotografien auf ihren Platz zurück und erschrak, denn hinter ihr hatte leise die Tür geklickt.

»Hast du die Fotografien angesehen, oder wolltest du sie gerade anschauen?«

Jutta Krieschke fuhr herum und blickte in das Gesicht Hüttemeisters. Hüttemeister lächelte, aber er sah trotzdem nicht so freundlich aus, wie er gerne wollte.

»Ich ... ich ...« stammelte Jutta erschrocken. »Nein, ich ...«

Hüttemeister beugte sich nach vorne. »Wenn du sie schon angesehen hast«, sagte er leise, »dann wäre es für dich am besten, du würdest es vergessen. Verstehst du?«

»Natürlich.« Jutta Krieschke nickte. »Ich verstehe.«

»Wenn du nicht in Teufels Küche kommen willst«, fügte Hüttemeister hinzu und lächelte wieder, während er sich aufrichtete.

Warum er nur so leise sprach?

»Da komme ich eben her«, sagte Jutta keck. »Ich will ein neues Leben anfangen.«

»Hier?« fragte Hüttemeister, und Jutta wunderte sich über den perplexen Ausdruck seines Gesichts. Er setzte sich auf einen Stuhl in die Ecke und starrte sie an.

»Was hast du denn bis jetzt getrieben?«
»Ich war bei Wedekamp, im Lagerbüro«, antwortete Jutta.
»Aha, ich verstehe. Du willst reich werden und mehr erleben, als man es am Wochenende kann.«
Jutta nickte. »So ungefähr.«
»Na, dann halt dich mal ran«, sagte Hüttemeister gerade, als Klapprodt hereinkam. Klapprodt stutzte, als er Hüttemeister bemerkte.
»Nun, dann hast du ja die Prominenz schon kennengelernt«, sagte er zu Jutta. »Schlickchen kümmert sich um die Bar und Hüttemeister um die Musiker, die Vorführungen und was so drum und dran ist. Manchmal hilft er auch Glowienka, wenn es Ärger gibt. Wo waren wir stehengeblieben?«
»Ich bin noch nicht einundzwanzig. Das wollten Sie doch wissen, Herr Klapprodt. Und Glowienka sagte vorhin auch . . .«
Klapprodt lächelte. »Das macht nichts«, unterbrach er sie. »Der Jugendschutz hört bei achtzehn auf. Hat Glowienka dich angezapft? Wieviel hast du ihm gegeben?«
»Nichts, Herr Klapprodt. Ich will ihm dreißig geben, wenn Sie mich nehmen.«
Klapprodt wechselte einen Blick mit Hüttemeister. Bei Juttas letztem Satz war sein Interesse an ihr sichtlich gewachsen. Er lächelte wieder, griff in die hintere Hosentasche und zog ein Bündel Geld heraus. »Auf den Kopf gefallen bist du ja nicht gerade«, sagte er. »Hier, da hast du erst mal was. Braucht nicht verrechnet zu werden. Hast du Geld für Kleider und so? Na, kümmere dich um sie, Schlickchen, und zeig ihr erst mal die Arbeit an der Bar. An die Tische laß sie noch nicht, dazu ist sie noch zu unerfahren. Behalt sie im Auge, und sag ihr, was sie machen muß und was sie dafür kriegt.«
Klapprodt nickte, und das hieß für Jutta Krieschke, daß sie eingestellt war.
Hüttemeister schob sich eine neue Zigarette zwischen die Lippen, als sich die Tür hinter den beiden Frauen geschlossen hatte.

»Die wäre was für den Kahn«, sagte er mit seiner leisen, fast flüsternden Stimme.
»Die ist ein ganz unverdorbenes Geschöpf«, erwiderte Klapprodt. »Die Kleine meint noch, daß es im Leben so zugeht, wie es von Rechts wegen sein sollte. Für den Kahn? Nee, mein Lieber. Für das Geschäft braucht man Erfahrung.«
Er begann einen Aktenordner durchzublättern und schwieg ein paar Sekunden. »Wenn ich dafür sorge, daß sie die macht, werde ich bestraft«, sagte er dann und sah auf. »Und du auch.«

6

Für Hendrik Maggus war es der fünfte doppelte Whisky, seitdem er beschlossen hatte, seine Spuren in dem nächtlichen Getümmel von St. Pauli zu verwischen.
Durch vier Lokale war es schwer, ihm zu folgen, und es war ihm auch niemand gefolgt. Er hatte gerade angefangen, das, was geschehen war, mit sanftem, schwankendem Vergessen zuzuschütten, und glaubte daher, daß es sich um Phantasiebilder des beginnenden Rausches handelte, als er im Spiegel hinter der Bar die Gesichter auftauchen sah, die er seit sechs Jahren Tag für Tag und Nacht für Nacht um sich hatte.
Farlow, den gewalttätigen, bulligen Ersten, mit in die Stirn geschobener Mütze über zusammengewachsenen, buschigen Brauen, Wilkinson, den Zweiten, der aus Swansea stammte und ständig Kaugummi kaute, weil er nicht rauchte, und – ja wahrhaftig – auch Eugen Swarower, den Dok, mit seiner halben Glatze und dem schmuddeligen Bärtchen auf der Oberlippe.
Maggus beobachtete sie im Spiegel und hätte eine Schiffsladung Bernstein für ein Anzeichen dafür gegeben, daß es ihnen im *Regenbogen* nicht gefiel.
Aber das war nicht der Fall.

Wilkinson schob sich die Mütze ins Genick, als er den schrillen Jazz hörte, bei dessen Lärm man sein eigenes Wort nicht verstehen konnte, und die Mädchen sah, die im Halbdunkel vor der Bar hockten.
»Hier ist's richtig«, sagte Farlow, der sonst selten ein Wort von sich gab. Im Kohlenpott spräche man wenig, weil man sonst dreckige Zähne kriege, so jedenfalls erklärte er, wenn er gut gelaunt war, seine Wortkargheit. Und er stammte aus dem Kohlenpott von Leeds.
»Na, wenn's euch recht ist«, meinte der Dok in seiner Wiener Verbindlichkeit, wie immer bemüht, keinerlei Meinungsverschiedenheiten aufkommen zu lassen. »Maggus ist auch schon da. Hallo, Dritter.«
Im Spiegel erblickten sie das unbewegliche Gesicht ihres Dritten Offiziers, der sie über den Rand seines Whiskyglases hinweg ansah, ohne eine Miene zu verziehen. Er verzog sie nicht einmal, als der Dok ihm auf die Schulter schlug und sich neben ihn auf einen leeren Hocker schob. Es gehörte zu Hendrik Maggus' ausgeprägtesten Eigenarten, daß sein Verstand nüchtern blieb, auch wenn er sich vollaufen ließ bis an die Nasenlöcher.
»Hallo, Dok«, sagte er und blickte noch immer in den Spiegel, wo er beobachtete, wie die anderen sich näherten. Wenn er genau nachdachte, und das tat er trotz seines Rausches seit eineinhalb Stunden, war es ihm gar nicht unrecht, daß er hier mit ihnen zusammentraf.
Wenn sie sich ordentlich betranken, bestand immerhin die Möglichkeit, daß sie sich später gar nicht mehr erinnerten, ihm erst hier begegnet zu sein. Vielleicht war es möglich, ihnen zu suggerieren, daß sie den ganzen Abend mit ihm zusammen gewesen waren, falls jemand fragte.
Und es konnte durchaus sein, daß jemand fragte. Man würde die Tote finden, genau wie man vor einem Jahr Kat gefunden hatte. Irgend jemand würde sie wiedererkennen. Vielleicht gab es jemanden, der wußte, daß sie auf ihn gewartet hatte. Die *Kettarah V* würde am 12. November gegen

ein Uhr früh auslaufen, erst nach Bremen und von da durch die Biskaya. Das Schiff sollte Bremen am 13. November mit dem Morgenhochwasser wieder verlassen. Seine Chance bestand darin, daß die Tote bis dahin noch nicht geborgen oder wenigstens noch nicht identifiziert war. Wenn es aber doch geschah, dann kam es darauf an, daß niemand an Bord beobachtet hatte, wie sie ihn ansprach, und daß sie selbst ihren Plan niemandem mitgeteilt hatte.

Vor Casablanca würde die *Kettarah V* keinen europäischen Hafen mehr anlaufen. Wenn bis dahin alles gutgegangen war, konnte er den Kopf vielleicht aus der Schlinge ziehen und ein neues Leben beginnen. Daran, daß er schon seit zwei Jahren vorhatte, ein neues Leben zu beginnen, dachte er nur, wenn er nüchtern war. Und das war er in diesem Augenblick nicht.

»Eins, zwei, drei, vier«, zählte er. »Vier doppelte Whisky ohne Schuß«, bestellte er dann beim Barkeeper. »Auf meine Rechnung. Zum Eingewöhnen.«

»Maggus hat die Spendierhosen an«, sagte Farlow. »Gut, daß wir Sie getroffen haben.«

»Denkst du noch an Cádiz?« fragte Wilkinson. »Damals vor zwei Jahren? Als dich der Alte nicht rausschmiß. Da haben wir ebenfalls Doppelte auf deine Rechnung getrunken. War auch ein Grund für dich, einen auszugeben, was? Na dann prost.«

Maggus dachte wirklich an Cádiz. Damals war ihm ein Generator von fünfeinhalb Tonnen Gewicht aus den Haken gekeilt, durch zwei Decks geschossen und hatte das Schiff leckgeschlagen. Auf jedem anderen Dampfer hätte ihn der Kapitän von Bord gejagt. Aber für Luzifer waren solche Vorfälle willkommene Mittel, sich eine Besatzung zu schaffen, die ihm auf Gedeih und Verderb die Stange hielt.

»Ich sehe darüber hinweg, Maggus. Die Reparatur nehme ich auf meine eigene Kappe. Sie wissen natürlich, daß Sie gefeuert würden, wenn ich das nicht täte. Sie wissen natür-

lich auch, daß ich als Kapitän diesen Vorfall nicht unterschlagen darf, falls Sie mal abmustern wollen. Nun, vielleicht wäre es am besten, wenn Sie einen solchen Entschluß gar nicht erst fassen würden.«
Und Hendrik Maggus hatte sich bei Luzifer für seine Großzügigkeit bedankt und war als Dritter auf der *Kettarah V* geblieben, nur daß es jetzt nicht mehr freiwillig war. Und Dritter auf der *Kettarah V* würde er bleiben, bis Farlow eines Tages der Teufel holte und Wilkinson sich zu Tode soff. Der Gedanke, daß Luzifer etwas Menschliches zustoßen könne, erschien ohnehin abstrus.
Aus diesem Grund hatte er sich damit abfinden müssen, daß sie jetzt wieder diesen Hafen anliefen. Er hätte nicht einmal an Bord bleiben können, ohne Verdacht zu erregen, denn es war noch nie vorgekommen, daß Maggus nicht an Land gegangen war, wenn er die Erlaubnis dazu hatte. Was hätte er also tun sollen?
»Na prost«, sagte er.
Alle hoben ihre Gläser.
Der erste Whisky wurde immer in einem Zug getrunken.
»Noch eine Runde«, sagte Hendrik Maggus. »Und die Würfelbecher.«
Whisky floß in die Gläser. Der Dok starrte melancholisch vor sich hin und dachte an Pia Puerto, die an ihm Mutterstelle vertrat, wenn die *Kettarah V* im Hafen von Palermo lag. Jedesmal riet sie ihm, beten zu lernen. »Du mußt es nur einmal versuchen, Eugenio. Man weiß dann, wo man hingehört und wofür man lebt.« Ein- oder zweimal hatte er es probiert, aber es war nichts Rechtes daraus geworden.
Farlow suchte in den Taschen seines Hemdes nach Zigaretten, und Wilkinson begann sich interessiert umzusehen. Hendrik Maggus beobachtete alle drei.
Die Eintagsfliegen mit den bunten Kleidern und dem gelangweilten Ausdruck im Gesicht hatten gemerkt, daß hier Geld locker saß. Eine langhaarige Blondine hockte neben Wilkinson.

»Was heißt das K auf deiner Mütze, Liebling?« wollte sie wissen.
Wilkinson war gerade im Begriff zu antworten, als ihm Hendrik Maggus zuvorkam. »Kaulquappe«, sagte er wiehernd. »Dampfer *Kaulquappe* von der Reederei Großmaul in St. Genesis. Ob du's glaubst oder nicht, Darling.«
Donnerndes Gelächter war die Antwort, während sich Hendrik Maggus über die Stirn wischte und ein Gefühl verdrängte, als habe ihm die Hand des Kommissars schon auf der Schulter gelegen. Das fehlte gerade noch, daß morgen oder übermorgen die Polizei anfing, in den Kneipen herumzuschnüffeln, und jedes Mädchen, jeder Wirt oder jeder Barkeeper ihnen erzählte: Ein goldenes K im Lorbeerkranz hatten sie an der Mütze, jawohl. Und warten Sie, sie haben sogar gesagt, was das heißt. *Kettarah V* heißt das. Ich erinnere mich genau. So war das, Herr Kommissar.
»Los, Farlow«, sagte Maggus und schob dem Ersten den ledernen Würfelbecher hinüber. »Fangen Sie an. Sequenz hat Anspruch auf einen doppelten Whisky auf meine Kosten, dafür muß einer mit drei gleichen seine Mütze an mich abliefern. Reelles Geschäft, wie? Der Anspruch auf den Doppelten bleibt, auch wenn einer keine Mütze mehr hat. Mehr kann doch niemand verlangen. Worauf wartet ihr noch? Auf, Farlow.«
»Fangen Sie selbst an«, entgegnete Farlow und schob den Würfelbecher wieder zu Maggus hinüber. Dann mißlang ihm ein Lächeln. Es sah immer so aus, als hätte er die Absicht, sich etwas zwischen den Zähnen herauszupulen. Sie kannten es alle.
»Na schön«, sagte Maggus. »Wenn Sie meinen.«
Der Becher knallte auf die Theke und wurde hochgehoben.
»Drei mal zwei«, murmelte der Dok. »Das Spiel ist gut. Runter mit der Mütze, mein Lieber.« Er sah auf Maggus, als erwartete er Widerspruch. Aber Hendrik Maggus warf wortlos seine Mütze umgekehrt auf die Theke. Als nächster verlor Wilkinson seine Mütze. Farlow warf zweimal nach-

einander eine Sequenz und behielt seine Mütze bis zum Schluß. Maggus sah zu, wie sich die anderen mit Whisky vollaufen ließen. Als der Dok seinen zweiten Doppelten vor sich stehen hatte, hob er plötzlich den Kopf und blickte sich um.

»Erinnerst du dich noch, Maggus?« sagte er und räusperte sich. »War das nicht die Kneipe, wo du damals die Kleine kennengelernt hast? Die dir so gut gefiel? Wie hieß sie doch noch? Hübsches Mädchen war das. Wie hieß sie nur?«

Hendrik Maggus starrte ihn an. »Bist du sicher, Dok?«

»Ganz sicher. Sie haben zwar neue Dekorationen und ein anderes Orchester, aber ich bin ganz sicher. Netter Abend war das damals. Kurz vor Weihnachten, oder? Wir beide waren allein hier. Du bist dann mit ihr weggefahren, stimmt's?«

Er schlug Maggus unsicher auf die Schulter und zog die Hand zurück, als er in dessen Gesicht sah. »Was hast du denn, Mensch? Bin ich wo reingetreten?«

Er konnte nicht wissen, daß sich in diesem Stadium des Rauschs in Maggus' Gehirn die Bilder zu decken begannen. Er starrte Maggus an, der langsam und schwerfällig, halb in Trance, seine mächtigen Hände vors Gesicht hob und sie ansah wie gefährliche Tiere.

»Jeder ist eben auf seine Art besoffen«, sagte Farlow und blickte dann konsterniert auf die drei schwarzen Augen, die auf weißem Elfenbeingrund heimtückisch zu ihm hochsahen. Hendrik Maggus griff nach Farlows Kopf und zog seine Mütze herunter.

Anschließend erhob er sich taumelnd, riß die Mützen an sich und bewegte sich auf den Hintereingang zu. Er nahm in Kauf, daß das ganze Lokal beobachtete, was geschah. Wenn die Polizei seinetwegen in den *Regenbogen* kam, war ohnehin alles verloren, und wenn sie nicht seinetwegen kam, dann war es auch egal, ob sie erfuhr, daß ein Betrunkener vier Mützen in den Müll geworfen hatte. Und mit dem K konnte sie auf den ersten Blick auf keinen Fall viel anfangen. Es würde sie zu langwierigen Rückfragen und Nachforschun-

gen zwingen. Außerdem würde er noch eine besondere Vorsichtsmaßnahme treffen. Am besten war es allerdings, sie kam überhaupt nicht, und diese Hoffnung hegte er noch immer.
Farlow richtete sich auf. »So war es nicht gemeint mit den Mützen«, rief er Maggus nach.
Maggus blieb stehen und wandte sich um. »Woher wissen Sie das?« sagte er leise. »Ich mache nur reelle Geschäfte. Sie haben doch auch getrunken, Farlow, oder?«
Wilkinson zog Farlow wieder nach unten. »Lassen Sie ihn, Mr. Farlow. Sie wissen doch, wie er ist, wenn er getrunken hat.«
Farlow schüttelte den Kopf.
»Oder möchten Sie zertrümmerte Spiegel bezahlen?« fragte der Dok sanft.
Maggus verschwand durch die Tür. Er stolperte über Gerümpel, stieß sich den Kopf an und fand die Mülltonnen. Eine war erst zur Hälfte gefüllt. Er stopfte die Mützen hinein, wuchtete eine andere Tonne hoch und stülpte ihren Inhalt auf die Mützen. Dann sah er sich um.
Die Hinterhöfe von St. Pauli ermöglichten in ihrer Bauweise bei Razzien die Flucht von einem in den andern. Es gab überall Durchlässe. Maggus packte die Tonne mit den Mützen und schleppte sie an der Rückseite der *Großen Freiheit* von Hof zu Hof.
Er wußte nicht mehr, wie viele dunkle Höfe er schon hinter sich hatte, als er wieder eine Reihe überfüllter Tonnen sah. Er stellte seine dazu, überzeugte sich, daß keine von ihnen gezeichnet war, und trug eine andere zurück. Er hatte Mühe, den Hof vom *Regenbogen* wiederzuerkennen.
Heftig atmend stellte er die fremde Tonne an den Platz der alten, rieb die Hände aneinander und suchte den Eingang. Als er das Lokal betrat, waren die Hocker an der Theke leer.
»Die sind schon ein Haus weiter«, sagte die Blondine, die es bei Wilkinson probiert hatte. »Suchen Sie mal in der

Kaskade bei Hannes Klapprodt. Das vierte von hier. Oder noch besser, Sie bleiben da.«

Sie legte auffordernd ihren Arm um seine Hüfte und lachte. Maggus stieß ihn weg.

»Der hat wohl nicht alle Tassen im Schrank«, sagte sie, während Hendrik Maggus den *Regenbogen* verließ.

Er rempelte ein Pärchen an, das gerade das Lokal betreten wollte, ließ ein Geldstück, das für den Portier bestimmt war, ins Leere fallen und bemerkte, daß die Straße mit ihren billigen Fassaden, Lichtreklamen und Schaukästen eine kreisende Bewegung vollführte.

Blau, dachte er, total blau. Die Straße blieb schief, und als er davonging, sah es für die anderen so aus, als stiege er, weit nach vorne gebeugt, die baumelnden Fäuste geballt, eine schlingernde Treppe nach oben.

Glowienkas Gesäusel traf sein Ohr. Als die glitzernde Kaskade über dem Eingang fluoreszierend zu rieseln begann, straffte er den Oberkörper und steuerte den Eingang an.

Der Küchengestank der *Kettarah V*, der Billhafen, die eng zusammenstehenden Augen und auch der kleine, spitze Schrei waren jetzt ganz weit weg.

Hendrik Maggus warf den Mantel über das Garderobenbrett. Jemand führte ihn in eine rauchige, von Schlagzeugrhythmen und betrunkenem Gelächter erfüllte Dunkelheit. Alles starrte auf die Bühne, und Hendrik Maggus kam es vor, als schwämme er gegen einen Strom, als er sich mit dem Rücken zur Bühne auf einen Barhocker schob.

Von den anderen war keiner da.

Aber als er den Blick hob, sah er direkt in die etwas zu eng zusammenstehenden Augen Jutta Krieschkes.

7

Sie schob Kamm und Lippenstift zurück in die Handtasche, ließ sie zuklappen und zog die Tür auf. Dann stieg sie ein paar Stufen nach oben und sah sich um. Die schwerfälligen Fische aus paillettenbesetzter Pappmasse drehten sich unter den Deckenbalken schon im dichten Rauch. Rosarote Scheinwerferstrahlen durchstachen den Qualm, wurden dunkelrot, lila und schließlich ultraviolett.

Jutta Krieschke zwängte sich hinter die Bar und verwahrte ihre Handtasche unter dem Tresen. Neben Schlickchen an den rückwärtigen Spiegel gelehnt, zündete sie sich eine Zigarette an und beobachtete das Lokal.

Zwei Plätze links von ihr saß ein Dicker mit Krawattennadel und Stirnglatze.

»Der ist schon in dem Alter, in dem man auch Geld hat, wenn man so tut. Dem bist du nicht gewachsen. Überlaß ihn Lydia, und schau ihr zu, wie sie es macht«, sagte Schlickchen, während sie zwei Sektkelche spülte und abtrocknete.

Neben dem Dicken waren zwei jüngere Männer, wahrscheinlich Vertreter oder kleinere Angestellte. Der eine von ihnen schaute ganz gut aus, aber sie tranken das Billigste. Sie mußten sparen.

»Hast du gesehen, wie großspurig sie die Streichhölzer löschen? Die geben an, und es ist nichts dahinter. Sie wollen alles mitmachen und verdienen nicht genug dafür. Solche zahlen einem Mädchen für seine Unterhaltung keinen Pfennig. Die mußt du unterscheiden lernen.«

»Was ist das für einer? Da drüben mit dem Bier, der mit Herrn Hüttemeister spricht?« fragte Jutta.

Schlickchen folgte während des Gläsertrocknens mit den Augen Juttas Blick. »Der«, sagte sie, »der dürfte dich nicht hier sehen, wenn du unter achtzehn wärst. Sie nennen ihn den Polente-Harry. Jetzt ist er pensioniert, aber früher hat er die Davidswache geleitet. Er hat ein Rezept für St. Pauli erfunden, das heute noch gilt. Und zwar hat er es eingeführt, kleine Gaunereien durchgehen zu lassen, um dafür den großen auf die Spur zu kommen. Mit Autorität schafft's hier keiner von der Polente. Das geht nur mit Fingerspitzengefühl. Und das hat der.«

Rechts neben Jutta hing ein betrunkener Seemann über der Theke, dessen Kopf bereits manchmal gefährlich nach vorne kippte. Der trank zwar Whisky, aber er war schon zu benebelt. Und Ärger durfte Jutta am ersten Abend noch keinen haben.

Der Dicke hatte seinen Arm jetzt um Eves Taille gelegt, während sie ihren zweiten Gin-Fizz austrank. Dann war ihr Gesicht nahe an seinem fetten Kinn, und ihre Hand lag auf seiner Schulter. Lydia versuchte es tatsächlich bei dem besser aussehenden der beiden jungen Männer.

»Mensch, ist das eine Mache.« Jutta drückte ihre Zigarette aus und sah Lydia zu. Ihre Augen schmerzten von dem ungewohnten Rauch.

»Mache. Was ist denn keine Mache?« murmelte Schlickchen und warf Eis in den soundsovielten Whisky des Seemanns. »Du kommst schon noch dahinter.« Dann öffnete sie mit einem Löffel den Deckel einer Kaffeebüchse. »Du darfst keinem etwas glauben«, sagte sie. »Hier kommt keiner her, dem man etwas glauben darf. Und es sind die gleichen wie früher, nur heute in Seidenhemden und mit Goldringen an den Fingern anstatt mit Kragenbündchen und dreckigen Nägeln. Früher haben sie auf die Regierung geschimpft und sich ihr Bier über die Straße geholt. Heute ist ihnen die Politik egal, sie sind gepflegt, duften nach Rasierwaser, haben einen Pudel zu Hause und ein Auto vor der Tür. Aber verlaß dich drauf, was sie denken, ist immer noch das gleiche.«

Die Männer saßen jetzt alle mit dem Gesicht zur Bühne.

»Katzenjammer oder so was«, hörte Jutta nach einer Weile Schlickchen sagen. Sie folgte mit den Augen ihrem Blick und sah in das Gesicht von Hendrik Maggus, das er in beide Hände gestützt hatte, während er vor sich hin starrte.

»Versuch's mal mit dem. Der hat gerade richtig geladen. Nicht zuviel und nicht zuwenig. Da ist es einfacher.«
Jutta Krieschke fühlte ein ungewohntes Zerren in der Herzgegend und drückte umständlich ihre gerade erst angerauchte Zigarette aus, ehe sie den Mut faßte, ihn anzusprechen.
Schlickchen lächelte und gab Jutta einen kleinen Stoß. »Los, der ist ganz nett. Einmal mußt du ja anfangen.«
»Einen Whisky«, sagte der Mann jetzt heiser und sah Schlickchen an. Er hatte graublaue Augen und borstiges dunkelblondes Haar, das oben am Scheitel einen komischen Wirbel bildete. Seine Lippen waren aufgeworfen, und er drehte zwischen riesigen Händen einen Aschenbecher vor sich auf der Theke hin und her.
Schlickchen goß Whisky in ein Glas. »Soda?«
»Zw-zwei zu ei-eins, Madame«, sagte Hendrik Maggus.
Schlickchen ließ Eisstücke hineinfallen und schob das Glas zu Jutta, die es jetzt wohl oder übel vor den Mann hinstellen mußte. Als er trank, legte sie die Unterarme auf die Theke und sah ihn an.
Maggus starrte in ihre Augen und erschrak, als er bemerkte, wie dicht sie beieinanderstanden. Aber er wischte die lähmende Gedankenverbindung entschlossen fort. Er durfte sich nicht verrückt machen lassen.
»Schon lange in Hamburg?« fragte Jutta.
»Schon-schon viel zu lange, Madame«, antwortete Maggus und setzte das Glas ab. »Kommen aus Acc-Accra.«
Er verzog die Mundwinkel, und es sah aus, als ob er lächeln würde, aber es blieb eine Grimasse. Maggus stellte zufrieden fest, daß er, obwohl er betrunken war, soviel Disziplin besaß, das Mädchen anzulügen. Denn sie kamen nicht aus Accra, sondern aus Porto. Und vorher waren sie in Liverpool gewesen. Und nach Liverpool waren sie von Alexandria gekommen. Und nach dort von – von – Maggus lachte. Zum Teufel, er hatte es vergessen, hahaha.
»Auf-auf Alexandria«, sagte er und trank den Whisky aus.

Jutta Krieschke wußte weder, was Accra war, noch, was Alexandria bedeutete. Sie hielt Alexandria für den klangvollen Namen einer Frau, die interessant, verführerisch und schön sein mußte.
»Also dann auf Alexandria«, sagte sie. »Aber ich habe nichts, um auf Alexandria anzustoßen.« Sie schaute sich suchend um. »Darf ich mir etwas bestellen? Ein Glas Sekt vielleicht?«
Sie begegnete Schlickchens anerkennendem Blick. Er schien soviel zu sagen wie: So machst du es richtig; nur weiter so, dann wird es schon werden. Der Kopf des Mannes aus Accra kippte nach vorne, wurde wieder aufgefangen, und es sah so aus, als hätte er genickt. Schlickchen schob ein Glas Sekt zu Jutta hinüber.
»Also auf Alexandria«, sagte Jutta und nahm es in die Hand. »Aber jetzt haben Sie nichts mehr.«
Schlickchen war schon da. »Darf ich noch einen? Genauso?«
Hendrik Maggus nickte wieder. Es war ihm egal. Der brausende Nebel in seinem Kopf durfte jedenfalls nicht verfliegen. Er hätte nämlich sonst nicht nur daran gedacht, wie er den Kopf aus der Schlinge ziehen mußte, sondern auch, warum. Und das hätte er in diesem Augenblick unter all den Menschen nicht ausgehalten. Es würde endlose Brükkenwachen geben, in denen er Zeit genug haben würde, darüber nachzugrübeln. Entschlossen richtete er den Oberkörper so weit auf, wie sein Zustand es erlaubte. Es war ihm egal, wie viele noch von seinem Geld tranken. Er hatte genug davon in der Tasche.
Ein hübsches Mädchen, die kleine Schüchterne da, die ihn jetzt anlächelte. Sie lächelten alle. Damit fing es an.
»Ihr seid alle gleich«, murmelte er vor sich hin. »Schön und vergiftet.«
Der Duft des Whiskys stieg ihm in die Nase. Ihr Glas stieß an seines. Maggus grinste in der abgeschiedenen, dröhnenden Kapsel seines Rauschs und sah, wie sie ihr Glas

hob und es an die vollen, fast noch kindlichen Lippen setzte.
»Noch einen?«
Hendrik Maggus nickte, und er nickte ein zweites Mal, als sie zuerst ihr leeres Sektglas und dann ihn fragend ansah. Er stützte den Kopf wieder in beide Hände und starrte vor sich hin.
»Macht Ihnen das Spaß?« fragte er mit seinem harten, fremdartigen Akzent und blickte sie an, als sie das Glas vor ihn hinstellte und einen Strohhalm hineinsteckte.
»Ach«, sagte Jutta, »es lohnt nicht, darüber zu reden. Sprechen wir lieber von Ihnen. Das ist sicher interessanter. Ist sie schön?«
»Wer?«
»Alexandria.«
Maggus hob den Kopf. Dann brüllte er los. »Alexandria, hahaha. Alexandria. Meine Braut, meinen Sie wohl? Oder meine Frau. Wenn es so was gäbe, wie-wie eine Ale-lexandria, wissen Sie, dann säße ich wahr-wahrscheinlich nicht hier – nicht hier, Madame, jawohl.«
Er lachte erneut, als er den verständnislosen Ausdruck ihrer Augen sah. Er lachte so, daß ihm die Tränen kamen. Aber sowenig Lebenserfahrung Jutta Krieschke auch hatte, sie merkte doch, daß dieses Lachen nicht echt und vor allem kein fröhliches war.
»Warum lachen Sie so?« hörte er sie fragen. »Sie sollen nicht so lachen, so . . .« Sie hob die Schultern. »Tanzen wir lieber. Oder gefalle ich Ihnen nicht?«
Auch das war ihm egal. Er war gespannt darauf, ob er noch aufrecht stehen konnte, und rutschte vom Hocker. Zwei- oder dreimal schwankte er, und dann ging es doch. Aber es kostete Jutta einige Mühe, ihn im Gleichgewicht zu halten. Sie schoben sich durch die Masse heißer Körper. Eve hatte beide Arme um den Nacken des Dicken geschlungen, dem glitzernde Tropfen über die Schläfen liefen. Jutta preßte Hendrik Maggus an sich, damit er nicht ins Wanken kam.

»Wie heißt du eigentlich«, fragte sie und hob den Kopf, um ihm ins Gesicht zu sehen. Aber er blickte über sie hinweg.
»Das is-st ja wo-wohl egal, was?« sagte er. »Das interessiert Sie ja wohl au-auch nicht wirklich, Madame.«
Es war immer dasselbe, und er war immer Hendrik Maggus, der als Junge Angst vor den Mädchen hatte. Es war die blonde Mareen gewesen, die ihn einmal dicht hinter den Landungsbrücken zu sich hinuntergezogen hatte, in einer der warmen, windstillen Mittsommernächte des kleinen Fischerdorfes, aus dem er stammte.
Das Verlangen, das von ihren Lippen ausging, und das Fremdartige unter ihren Kleidern hatte ihn zutiefst erschreckt. Er hatte sie zurückgestoßen und war fortgelaufen, hinauf in die kahlen, moosüberzogenen Hügel, hatte sich auf den Boden geworfen und dem Bogen zugesehen, den die Sonne bis dicht hinunter zum nördlichen Horizont beschrieb. Es war so still gewesen, daß er das Tropfen von Wasser gehört hatte.
Da hat es angefangen, dachte er. Denn da hatte er zum erstenmal Begehren verspürt. Zunächst hatte er Furcht davor gehabt, aber dann wollte er das, was unter Mareens Kleidern war, kennenlernen. Später hatte er sie angesprochen, mit ihr getanzt und sie küssen wollen. »Ich glaube, du bist verrückt, Hendrik«, hatte sie gesagt. »Du läufst ja fort, wenn es soweit ist.« Sie hatte ihn stehenlassen und sich in die Arme eines anderen geschmiegt. Dann hatte sie ihn, über die Schulter blickend, ausgelacht. Und er hatte gemerkt, daß einige von den Burschen tuschelten und ebenfalls über ihn lachten. Manche versteckt, aber einige auch offen. Und es hatte nicht lange gedauert, bis er herausgefunden hatte, daß sie es anderen erzählte.
Zwei Tage darauf war er unter der Persenning in dem ausgetrockneten Beiboot der alten *Stamsund* und hatte keinen Blick zurückgeworfen, als sie in der mitternächtlichen Stille aus dem Fjord getuckert war und Kurs auf Kirkenes genommen hatte.

Deswegen, dachte er, stehe ich jetzt nicht in dem alten, gemütlichen Laden hinter der Theke und verkaufe Netze, Angelschnüre, Blinker und Petroleumlampen. Dort steht längst ein anderer, und die Mädchen, die starben, die starben schon damals auf dem moosigen Hügel. Die andere, die so spitz geschrien hatte – ja, die auch.
Die Musik hörte auf. Er taumelte, und Jutta zog ihn mit sich hinter die Bar. Maggus hielt Schlickchen sein Glas hin. Sie griff nach der Whiskyflasche. Jutta zwängte sich neben ihn.
»Gin«, murmelte Maggus.
Der Whisky fing an, wie Medizin zu schmecken. Es war Zeit, Gin zu trinken. Er kannte das.
»Gin, Madame«, murmelte er und deutete mit dem Daumen auf Jutta. »Für die da auch, damit sie ihre – ihre Schäfchen – hahaha – ins trockene ... oder wie sagt man – sonst weint sie ja – hahaha.«
Schlickchen füllte die Gläser.
»Au-auf Mareen«, stammelte Maggus. Dann verengten sich seine Augen und betrachteten Jutta aufmerksamer, als er sah, daß sie das Glas, das er ihr gegeben hatte, in der Hand hielt und unbeweglich vor sich hin starrte.
Es war der Geruch. Dieser süßliche, giftig verführerische Dunst, der aus dem Glas in ihre Nase stieß wie eine Kanüle, die sich ganz oben in den Stirnhöhlen hundertfach verästelte.
Es war der Geruch, vor dem sie schließlich davongelaufen war, gestern, vorgestern, vor hundert Jahren. Sie wußte es in diesem Augenblick nicht zu sagen. Sie nahm nur den Gingeruch wahr und sah ihre Mutter wieder vor sich, mit blassem Gesicht auf ihrem Bett liegend, die bläulichen Lippen zuckend, den Kopf hin und her drehend.
»Tu doch was, so tu doch endlich was. Es muß doch irgendwas geschehen«, hatte sie ihren Vater angeschrien, wenn sie mit ihm stritt.
»Halt die Fresse, Rotzgöre. Tu du doch was, wenn du

meinst, daß du das kannst. Aber ihr wißt ja alles besser, ihr Gören. Du lernst es schon noch. Du auch.«
Erst hatte sie sich um ihre Mutter gekümmert, ihr Arzneimittel gebracht, ihr den Kopf gehalten, wenn sie sich würgend erbrach. Aber dann hatte sie es nicht mehr ertragen und war immer wieder fortgelaufen. Erst zu Kolleginnen auf langweilige Zimmer, schließlich zu Kollegen. Nur um zu vergessen, um die Erinnerung an das langsame, alkoholstinkende Sterben wenigstens für Stunden ins Unterbewußtsein zu verdrängen.
Schon bald hatte sie gemerkt, daß die Kollegen, die sie aufforderten, mit ihnen zu bummeln oder sie zu besuchen, davon ausgingen, daß sie mit ihr ein leichtes Spiel haben würden. Dann hatte ihr der Abteilungsleiter von Damenoberbekleidung, von dem sie wußte, daß er verheiratet war, eine Stelle als Sekretärin versprochen, wenn sie – sei doch nicht dumm – du tust es doch mit anderen auch – meine Ehe ist unglücklich – was ist denn schließlich schon ...
»Keinen Gin«, murmelte sie und spürte ein Würgen in ihrer Kehle. »Ich mag keinen Gin.«
Sie stellte das Glas zurück auf die Theke.
»Hö-hören Sie, Madame«, sagte der Mann aus Accra hustend, »Sie-Sie trinken für mei-mein Geld. Und da-dann trinken Sie, wa-was ich auch ...«
Maggus ergriff ihr Glas und stieß es ihr zwischen die Zähne, daß es überschwappte und der Gin kühl zwischen ihre Brüste rann. Er hatte manchmal diesen unwiderstehlichen Drang, anderen seinen Willen aufzuzwingen, besonders wenn er betrunken war, und besonders Frauen. Sollte sie saufen, bis sie erstickte. Es war Hendrik Maggus' Rache für Mareen, für Kat, für ... für ...
»Sauf.«
»Nein – nein, bitte. Keinen Gin, bitte.«
»Sauf das, verda-dammt noch mal.«
Jutta Krieschke griff an ihren Hals und würgte.

»Wenn sie doch keinen Gin verträgt«, sagte Schlickchen. »Lassen Sie sie. Was hat sie Ihnen denn getan?«
Was hatte sie ihm getan, dieses kleine Aas? Das, was alle anderen ihm getan hatten.
»Sie ist ... ist – eine ... eine hahaha.«
Durch die Alkoholglocke um seinen Schädel nahm er wahr, daß alle auf ihn blickten, und das durfte nicht sein. Er durfte, erinnerte er sich, niemandem auffallen. Wenn sich später irgend jemand daran erinnerte, der Schlüsse zog, Kombinationen anstellte? Vor den Zufällen war keiner sicher. Auch er nicht. – Natürlich, das ist er. Ich erinnere mich genau. Erst hat er randaliert und dann im Suff die ganze Geschichte herausgesprudelt. Natürlich, wenn man erst mal zu saufen anfängt – kein Wunder, Herr Kommissar. Solchen Burschen ist alles zuzutrauen, wie? Na ja, schönen Dank auch für den Schnaps, und lassen Sie ihn bloß nicht wieder raus.
»Ich trinke den Gin für sie, in Ordnung?« sagte Schlickchen. »Darf ich ihr noch einen Sekt geben? Sehen Sie, sie ist ganz traurig. Das hat sie schließlich nicht verdient, oder?«
Maggus achtete nicht auf Schlickchens Geschwätz. Er sah sich mit verschleiertem Blick um. Sie würden ihm alle einen Strick drehen. Es gab keinen, der nicht stolz darauf wäre, dazu beigetragen zu haben, ihn hinter Schloß und Riegel zu bringen.
Und da höre ich doch – ich denke, ich höre nicht recht. Was quasselt dieser Bursche da? Ich natürlich sofort geschaltet, zum Telefon wie die Feuerwehr, sage ich euch, und die Polizei angerufen ... hahaha.
Maggus nickte gedankenlos vor sich hin. Das würde euch so passen. Aber schließlich hatte er einen Verstand, der sich durch Alkohol nur in seinen unwichtigen Funktionen benebeln ließ. Er würde es ihnen schon zeigen. Keiner würde zum Telefon laufen wie die Feuerwehr. Keiner. Er sah hoch. Schlickchen schenkte erneut ein. Für Jutta Sekt.

Die Musiker fingen wieder zu spielen an. Es mußte schon eins oder sogar zwei sein. Für drei Uhr hatte Luzifer Entladen befohlen, erinnerte er sich schwach.
»Wi-wie spät ist es?« Er starrte Schlickchen und die Kleine nacheinander an und dann Klapprodt, der hinter der Theke erschienen war.
»Noch Zeit genug«, sagte Klapprodt und machte eine abschwächende Handbewegung.
»Ich wi-will wissen . . .«
Es war jetzt schon ziemlich schlimm mit ihm. Er mußte langsam trinken. Er spürte die Hand der Kleinen an seinem Arm. Sie schob seinen Ärmel zurück und drehte die Armbanduhr am Gelenk.
»Zwei«, sagte sie. »Gehen Sie noch nicht. Jetzt wird es doch erst schön. Und wir vertragen uns doch wieder. Es ist so nett heute. Morgen . . .«
»Um drei«, stammelte Hendrik Maggus, »um drei ist Entladen . . .« Er sah in ihr Gesicht.
»Du darfst mich ruhig in den Arm nehmen«, sagte Jutta. »Es ist sowieso zu eng hier.«
Und Maggus tat es. Sein Kopf kippte an ihre Schulter, und er starrte in die glotzenden Augen eines der riesigen Fische, der sich im dichten Rauch langsam drehte, als wollte er Hendrik Maggus genau betrachten.
Sie preßten sich aneinander. Und dann tanzten sie noch einmal zusammen. Er konnte sich später nie mehr ganz genau an diese halbe Stunde erinnern. Er hatte sie geküßt, und sie hatte ihn geküßt. Schon halb betrunken hatte sie ihm eine rührende Geschichte erzählt, daß sie ihren Eltern weggelaufen sei, weil ihre Mutter trinke, daß sie kein Zuhause habe und allein für sich sorgen müsse, daß sie es satt habe und daß sie nicht wisse, wohin. Dann hatte sie etwas geweint und auf seine Frage, seit wann das alles schon so sei, geantwortet, daß sie vor zwei Tagen noch bei Wedekamp gearbeitet habe.
Wie geschickt sie lügt, dachte Maggus, der die rührenden

Geschichten der Tingeltangelmädchen Dutzender von Häfen kannte, die mit dem Mitleid, das ihr Schicksal erregt, Geld verdienen wollen.
»Na«, murmelte er wohlwollend, »nu-nur Mut. Es wird schon schi-schiefgehen. Es geht bei u-uns allen schief, wie? Scho-schon drei?«
»Halb«, sagte Jutta, und Maggus schob ihren Arm weg.
»Lu-luzifer hat den Sa-satan im Leib. Wenn er drei sagt, m-meint er drei. Das mußt du dir merken.«
Er verlangte fuchtelnd die Rechnung. Schlickchen schrieb, addierte, kontrollierte, und Klapprodt grinste.
Maggus zog ein Bündel Geldscheine aus der Tasche, und Jutta beneidete ihn um die offenkundige Gleichgültigkeit, mit der er eine Banknote nach der anderen Schlickchen hinüberschob. Wechselgeld kam zurück, und Maggus wollte es eben einstecken, als die Kleine nach einem Schein griff und ihn ansah.
»Und ich?«
Einen Moment lang blickte sie in seine Augen und wunderte sich, daß sie graublau waren und überhaupt nicht glasig, obwohl er getrunken hatte wie ein Sieb.
Er erhob sich taumelnd und mußte sich stützen, bis er fest auf seinen zwei Beinen stand.
»Wir müs-müssen alle über die Ru-runden kommen, meinen Sie, was? Es ist überall dassel-selbe, Madame, sehen Sie. E-es dauert alles nu-nur einen Augenblick la-lang.«
Er stieß Juttas Arm zurück und steuerte schlingernd auf die Tür zu. Vorne drehte er sich noch einmal um, schwankte und verhedderte sich in dem weinroten Filzvorhang.
Jutta hielt das Geld in der Hand und starrte ihm nach. Schlickchen blinzelte ihr zu. »Siehst du, Jutta.«
»Nein«, stammelte Jutta. »Nein.«
Er würde ja gar nicht zum Hafen kommen. Das nächste Auto würde ihn überfahren, oder er würde in irgendeinen Kanal stürzen. Sie rannte hinter ihm her zum Ausgang, riß den Vorhang weg und sah seinen Schatten schon draußen vor

der Glastür schwanken. Sie zog die Tür auf, und die eiskalte Luft schmerzte auf ihren nackten Armen. Maggus streifte mit einer Schulter beim Gehen die Hauswand.
»Du«, schrie Jutta. Sie wußte ja nicht einmal seinen Namen. »Du, warte doch.«
Er blieb stehen, ohne sich umzudrehen, die Schulter an der Wand, den Kopf gesenkt. Jutta rief eines der Taxis, die in langer Reihe warteten. Es kam, und der Fahrer ließ die Tür aufspringen. Jutta faßte unter Maggus' Arm und zog ihn über den Gehsteig.
»Du mußt ein Taxi nehmen«, sagte sie und keuchte. »Luzifer. Du weißt doch. Wie heißt dein Schiff?«
Maggus sah sie an und lachte verächtlich. »Da-das würde dir so passen. Das fe-fehlte gerade noch, was? Du dreckiges kleines Aas. Hau ab.« Sein Daumen wollte über die Schulter zeigen und traf dabei ihre Wange. »Da dri-drin möchten noch mehr dei-deine Märchen hören.«
»Nein«, stammelte Jutta und schob ihn auf das Auto zu. »Bestimmt nicht. Du mußt mir glauben.«
Er klappte zusammen und versank in den Sitzen. Andere Autos hupten, der Taxifahrer griff nach hinten und knallte die Tür zu. Dann fuhr der Wagen an.
»He«, schrie Jutta, »nimm dein Geld. Hörst du?«
Sie stand mit ausgestreckter Hand mitten auf dem Gehsteig und sah die Schlußlichter um die nächste Ecke biegen. Er hatte sich nicht einmal umgeblickt.
Hält doch verdammt wenig aus, die Kleine, dachte Glowienka, als Jutta auf die Tür zuging und in das Rieseln der silbrigen Kaskade starrte. Der Geldschein knisterte zwischen ihren Fingern. Einen Augenblick lang schaute sie ihn unschlüssig an, dann hielt sie ihn Glowienka hin und öffnete, während der Portier ihr kopfschüttelnd nachsah, die Tür.
Hüttemeister fing sie auf, als sie stolperte, und legte seine zu langen Arme um ihre Schultern.
»Mattscheibe, Kleine?« sagte er flüsternd. »Soll ich dich

nicht besser auf dein Zimmer bringen? Ich tu es gern. Es macht mir wirklich nichts aus. Du brauchst keine Angst zu haben, ich bring dich schon nicht um.«

8

Es lag an der Einteilung der Dienststunden, daß Hornschuh das Foto der vermißten Jutta Krieschke in dieser Nacht nicht mehr reproduzieren lassen konnte. Und so war er gar nicht mehr zum Präsidium zurückgekehrt, sondern hatte sich gleich auf den Heimweg gemacht. Während der Fahrt in der S-Bahn hatte er noch einmal das Ergebnis seines Gesprächs mit den Krieschkes überdacht.
Wenn es zu den Gewohnheiten des Mädchens gehörte, unregelmäßig nach Hause zu kommen, dann mußte sein heutiges Fernbleiben nicht unbedingt etwas Schlimmes bedeuten. Er hatte lange geschwankt, ob er den Kommissar noch stören solle, und hatte dann beschlossen, die Sache bis zum Morgen auf sich beruhen zu lassen. Denn so, wie es klang, war es durchaus möglich, daß ein Anruf bei Wedekamp genügte, um die Befürchtungen zu zerstreuen, die sie jedesmal überfielen, wenn eine Frau als vermißt gemeldet wurde.
Er stand deshalb in diesem Augenblick verhältnismäßig optimistisch am Telefon in Ketterles Zimmer und wartete auf die Verbindung mit dem Lagerbüro des Kaufhauses.
»Lager«, hörte er endlich eine mürrische Stimme.
»Kriminalpolizei Hamburg«, sagte Hornschuh und vermied das häßliche und erschreckende Wort Mordkommission. »Nur eine Fage bitte, Ihre Angestellte Krieschke ... wie bitte ...? Ja, Jutta Krieschke. Könnte ich sie wohl einen Augenblick sprechen ...?«
Kommissar Ketterle, der gerade dabei war, seine Morgenpost durchzusehen, deutete Hornschuhs Schweigen, auch ohne aufzublicken, richtig.

»Seit wann?« fragte er und verglich eine Fotokopie mit ihrem Original, bevor er die beiden Blätter mit einer Büroklammer zusammenheftete.
»Seit vorgestern morgen nicht mehr am Arbeitsplatz«, flüsterte Hornschuh und verdeckte dabei die Sprechmuschel mit der Hand.
»Achtundvierzig Stunden«, murmelte der Kommissar. »Eine lange Zeit. Hatte sie Kolleginnen, Freundinnen, näheren Kontakt mit irgend jemandem, dem sie vielleicht ihre Absichten anvertraut hat?«
Hornschuh stellte die entsprechenden Fragen. Ketterle hörte, wie er anschließend auflegte, und blickte hoch.
»Der Mann, mit dem ich gerade gesprochen habe, sagt, wir sollen selbst reinkommen. Er wisse das auch nicht so genau. Er habe keine Lust, sich die Finger zu verbrennen, und schließlich sei das unsere Sache und nicht seine.«
»Womit er ohne Zweifel recht hat«, erwiderte der Kommissar. »Ist das Bild schon reproduziert?«
Weder Hornschuh noch er wußte, daß unten in der zentralen Fernsprechvermittlung bereits ein anderes Gespräch auf das Freiwerden von Ketterles Leitung wartete, das alle ihre Überlegungen und Entschlüsse in dieser Sache von Grund auf umstürzen würde.
»Am besten ist, Sie fahren gleich zur Fuhlentwiete«, sagte Ketterle gerade, als die Telefonistin bemerkte, daß die transparente Siebenundsiebzig erloschen war, und durchsteckte.
Der Kommissar hob selbst ab. »Ja. Ja, hier Kriminalpolizei, Kommissar Ketterle.« Hornschuh sah, wie er sich in seinem Schreibtischsessel zurücklehnte.
»Wo ist das, sagen Sie?«
»Im Billhafen. Sie kennen doch den Billhafen. Unterhalb der Billhorner Brücke. Ein kleineres Hafenbecken. Hauptsächlich für Binnenschiffsbetrieb . . .«
»Ja, ich weiß Bescheid«, unterbrach ihn Ketterle. »Von wo aus sprechen Sie denn?«

»Von Billwerder aus. Da ist eine Telefonzelle. Wir haben uns gedacht . . .«

»Natürlich«, fiel der Kommissar ihm ins Wort. Es war ihm ziemlich gleichgültig, welche Überlegungen den Mann dazu gebracht hatten, in einem Fall die Kriminalpolizei zu verständigen, in dem das wohl selbstverständlich war. »Von wo aus kann man zu Ihnen hinüberkommen? Wie? Direkt von Billwerder aus. Können Sie die Barkasse warten lassen? Ja? Und verändern Sie nichts.«

»Beeilen Sie sich«, sagte der Mann. »Wir müssen weiterbaggern. Uns schenkt auch keiner was. Die Maschine steht, solange die Frau da drin hängt.«

»Damit müssen Sie sich abfinden«, erwiderte der Kommissar. »Es ist schließlich ein Ereignis, bei dem ein Bagger auch mal eine Stunde stehen kann. Wie? Na also. Sagen Sie mir bitte noch Ihren Namen.«

Ketterle notierte sich auf einem Zettel den Namen, den der Mann ihm angab.

»Kommen Sie selbst, Herr Kommissar?«

»Das wird nicht zu umgehen sein«, antwortete Ketterle und legte den Hörer auf.

Wenn er betroffen war, merkte man es ihm jedenfalls nicht an. Er erhob sich energischer, als man es ihm mit seinen fünfundfünfzig Jahren zugetraut hätte, und ging hinüber zu dem transparenten, beleuchtbaren Stadtplan, der die eine Wand seines Dienstzimmers fast vollständig einnahm.

Hornschuh sagte nichts. Obwohl es nicht das geringste hätte ändern können, empfand er es wie ein Versäumnis, daß er den Kommissar nicht doch noch gestern abend verständigt hatte. Er folgte mit den Augen dem Zeigefinger seines Vorgesetzten.

»Der Billhafen«, sagte Ketterle und streckte auch den kleinen Finger aus, den er auf eine andere Stelle des Stadtplans legte. »Hieß die Straße nicht Markmannstraße, Hornschuh?«

»Ja, Nummer 25.«

»Keine zehn Minuten von ihrer Wohnung entfernt.«

Ketterle sah Hornschuh an. Beide wußten, was ihnen bevorstand. Eine vierte Tote dieser entnervenden Serie, bei der man überall im Dunkeln tastete, eine vierte Untersuchung mit allen ihnen zur Verfügung stehenden Mitteln und wahrscheinlich eine vierte Enttäuschung. Dazu kam ein vierter Schock für die ohnehin schon von Furcht zermürbten Frauen der Stadt.

»Verständigen Sie Dr. Stöckel, Hornschuh. Er muß unter allen Umständen dabei sein. In dieser Sache mache ich keine Tatortbesichtigung mehr ohne Pathologen. Und lassen Sie ein Boot und einen Leichenwagen nach Billwerder kommen.«

Während Hornschuh hinüber in sein Zimmer ging, um das alles zu erledigen, übernahm der Kommissar selbst den peinlichsten und undankbarsten Teil dessen, was zu tun war.

Während er durch das überdimensionale Spiegelglasfenster über Dächer, Eisenbahnbrücken und Kräne hinweg die kleine graugrüne Wasserfläche des Billhafens auszumachen versuchte, wartete er am Telefon, bis Dr. Siebeck sich meldete.

»Ketterle«, sagte er, als er die Stimme seines Vorgesetzten endlich hörte. »Nummer vier – so leid es mir tut.«

Und wie jeder andere im Polizeipräsidium wußte auch Kriminaldirektor Dr. Siebeck, ohne eine Frage zu stellen, worum es sich handelte.

9

Sie trafen sich in der Eingangshalle. Als letzter kam Dr. Siebeck mit hochgeschlagenem Mantelkragen und dem schäbigen Trachtenhut, der untrüglich anzeigte, daß er sich zu einem Tatort begab. Alle drei nahmen im Chefwagen Platz.

»Wollen Sie nicht doch Röppke hinzuziehen?« fragte Siebeck, ehe sie losfuhren.

»Nicht nötig«, antwortete der Kommissar, während er versuchte, seine Aktentasche so zu verstauen, daß sie niemanden störte. »Dort, wo das Mädchen entdeckt wurde, gibt es keine Spurensicherung. Es ist genau wie in allen anderen Fällen, mit Ausnahme der Rühl. Da war es wenigstens eine Wohnung. Aber die Fingerabdrücke, die wir dort fanden, haben uns wenig genützt. Den Mann müßten wir eben haben, dem sie gehören.«
In den Straßen stauten sich die Autos wie ein tosender, blecherner Lindwurm, aus dessen Poren Benzingas drang, das sich mit der Regenfeuchtigkeit vermischte. Der ruckartig funktionierende Mechanismus der Signalanlage trieb Rudel von Menschen über den dreckig schimmernden Asphalt.
»Sie trieb sich herum«, sagte Dr. Siebeck. »Oder habe ich Sie heute morgen falsch verstanden?« Er wandte sich zu Hornschuh um. »Hat nicht der Vater so etwas gesagt? Unmöglich übrigens. So was behält man doch für sich.«
»In den Listen steht sie nicht«, erwiderte Hornschuh. »Ich glaube nicht, daß sie eine typische Streunerin war. Aber bei dem Zuhause würde ich auch meine eigenen Wege gehen. Schlimm genug für die Eltern, daß es so gekommen ist.«
»Na ja, Hornschuh, das kennen wir doch. Die lassen sich in irgendeiner Kneipe mit Kerls ein, steigen in das nächstbeste Auto, fahren in die dunkelsten Winkel, und schließlich macht es Platsch, und wir müssen sie rausfischen. Da sind immer die Eltern schuld, sage ich Ihnen. Dort fängt es an.«
Hornschuh schwieg. Obwohl er noch verhältnismäßig jung war, wußte er, daß die Theorien seines Vorgesetzten von der Praxis oft beträchtlich abwichen. Aber es stand ihm nicht zu, das zu sagen. Kommissar Ketterle hatte den Kopf gewendet und schaute zum Fenster hinaus.
Zwischen naßglänzenden, rußigen Backsteinmauern sah man jetzt manchmal Vierecke graugrünen Hafenwassers, Steven von Schiffen, Hecks, Aufbauten, Kräne und Barkassen.
An einem Kai lief eine steinerne Treppe abwärts. Obstreste,

tote Fische und Flaschen schwappten im Wasser. Eine Pinasse tuckerte stampfend. Der Mann, der das Boot am Kai hielt, tippte an die Mütze und zeigte mit dem Daumen auf das häßliche Ungetüm des Schwimmbaggers, während er Dr. Siebeck half, über das Schanzkleid zu springen.
»Alle?« fragte er, als Kommissar Ketterle mühselig und umständlich an Bord geklettert war. Siebeck nickte.
»Sind die anderen schon drüben?«
»Schon drüben. Der Arzt und drei Mann.«
Er betätigte einen Hebel und zog das Boot in einer langen Kurve vom Kai. Gerade als sie ablegten, fuhr der unauffällige graue Transportwagen mit seinen Milchglasscheiben die Kaistraße entlang. Siebeck machte dem Fahrer ein Zeichen, und er hielt hinter dem Chefwagen an. Die ersten Neugierigen sammelten sich.
Während der kurzen Fahrt zum Bagger hinüber setzten sie sich nicht, denn die Bänke der Barkasse waren naß vom Regen. Sie standen, die Hände in die Taschen ihrer Mäntel geschoben, hinter dem Bootsführer und sahen nach vorne.
Der Schwimmbagger befand sich in der Mitte des verhältnismäßig schmalen Hafenbeckens. Auf seinem eisernen Boden lag ein flaches, unscheinbares Bündel regungslos unter einer Zeltplane, welche die Beamten wegen des Regens darüber gebreitet hatten. Es war lediglich ein Rest Pietät, denn an der Toten gab es ohnehin nichts mehr, was nicht durch und durch naß war.
Die Männer vom Bagger und die drei Leute vom Gerichtsmedizinischen Institut sahen ihnen entgegen. Der Wind hatte die Krempe von Dr. Stöckels Hut vorne hochgeschlagen; sein heller Regenmantel war bereits dunkel von der Nässe.
Dr. Siebeck blickte auf das Bündel. Dann wandte er sich um und wartete, bis Kommissar Ketterle schwerfällig an Deck geklettert kam. Einer nahm ihm hilfsbereit die Aktentasche ab.
Jetzt sah Ketterle, daß Dr. Stöckel bereits Gummihandschuhe trug.

»Na, dann zeigen Sie mal«, sagte er schnaufend, und Dr. Stöckel zog die Zeltplane von der Toten. Sein Gesicht blieb unbewegt, während Hornschuh um einiges blasser wurde und sogar Dr. Siebeck widerwillig ein »Mein Gott« murmelte. Dr. Stöckel sah nach oben.
»Wieso Gott?« sagte er. »Die Greiferzähne. Glauben Sie, die Baggerschaufel hat sie nur einfach hochgehoben wie einen Goldfisch? Ich möchte nicht einmal als Toter in eine Baggerschaufel geraten.«
»Du lieber Gott«, entfuhr es auch Ketterle, während er auf die Tote starrte. »Das hatte ich nicht erwartet. Es wird nicht einfach sein, sie zu identifizieren, Hornschuh. Haben Sie die Fotografie?«
Hornschuh suchte in der Brusttasche seines Mantels. Der böige Wind zerrte an der Fotografie Jutta Krieschkes, die kindlich, naiv und ein wenig lebenshungrig in den bleigrauen Himmel schaute und duldete, daß die Männer sich über sie beugten und sie mit dem Bündel verglichen, das da vor ihnen lag.
»Die Haare könnten stimmen«, sagte Hornschuh und hielt Ketterle die Aufnahme hin. »Die Haare und der Haaransatz könnten es schon sein. Und die Größe auch ungefähr. Die Kleider hat die Mutter anders beschrieben. Aber sie kann sich ja umgezogen haben.«
Kommissar Ketterle bückte sich und besah sich ein Etikett an der Innenseite des etwas umgeschlagenen, hell- und dunkelgrau karierten Tuchmantels. Er bog es um und zeigte es Hornschuh. »Carlos Wedekamp« las Hornschuh. Dann nickte er und sagte: »Für mich gibt es eigentlich kaum einen Zweifel.«
Sie richteten sich auf.
»Trotzdem brauchen wir die Eltern zur Identifizierung«, erwiderte Ketterle. »Veranlassen Sie das so bald wie möglich, Hornschuh. Und bitten Sie Herrn Zimmermann, dabeizusein. Ich muß von hier aus sofort nach Aumühle und bin erst gegen zwei Uhr zurück.«

Hornschuh nickte wieder. Während der Pause, die entstand, hörten sie das träge Pochen der Barkasse, die auf sie wartete und mit dem Steven klatschend in das schaumig vor dem Wind dahertreibende Hafenwasser schlug. Niemand hatte das Boot der Hafenpolizei bemerkt, das plötzlich ebenfalls längsseits lag. »Können Sie etwas über die Todesursache sagen, Dr. Stöckel?« fragte der Kommissar.

Der Arzt zuckte mit den Schultern. »Genaueres erst nach der Autopsie der Lungen und Herzkammern. Aber Würgemale am Hals sind unverkennbar. Schauen Sie.«

Er zog den vor Nässe schweren weinroten Wollschal etwas tiefer. Ketterle sah nur flüchtig hin.

»Daran habe ich keinen ernsthaften Zweifel gehabt«, sagte er bitter. »Diese Art von Fingerabdrücken scheint der Hamburger Polizei zum Schicksal zu werden. Sie liefern uns ja einen Bericht«, fuhr er nach einer kurzen Pause fort. »Wie lange lag sie ungefähr im Wasser?«

»Nach groben Schätzungen nicht länger als fünfzehn Stunden.«

»Dann wäre es also gestern abend geschehen«, überlegte der Kommissar laut. »Wenn wir nur wenigstens wüßten, wo. Und wo hat sie die Zeit zwischen vorgestern früh und gestern abend zugebracht?«

Er blickte mit zusammengekniffenen Augen über das Wasser hinweg auf einen bestimmten Punkt am Horizont.

»Wann können Sie mir sagen, ob sie erstickt oder ertrunken ist, Dr. Stöckel?« fragte er, ohne den Arzt dabei anzusehen. Er wandte ihm das Gesicht erst zu, als der Mediziner antwortete: »Mit Sicherheit morgen früh. Dann kann ich Ihnen vielleicht auch sagen, wann genau es geschehen ist.«

Ketterle nickte.

»Ich glaube, wir können hier Schluß machen«, meinte Dr. Siebeck und zog fröstelnd die Schultern hoch. »Halten Sie mich bitte auf dem laufenden, Ketterle.«

Der Kommissar nickte wieder und sah zu, wie die Männer vom Gerichtsmedizinischen Institut die Tote in die Zelt-

plane wickelten und mit Stricken umschnürten. Dann wurde das Bündel in die Polizeibarkasse gehievt. Ketterle beugte sich über das eiserne Geländer.
»He, stellen Sie sich woanders hin«, schrie einer der Baggermänner ihn an. »Hier stören Sie.«
Er deutete nach oben, wo eine Kettentransmission gefährlich nahe an Ketterles Kopf vorüberzuschwingen begann, als sich die Maschinerie des Baggers kreischend und rumpelnd in Bewegung setzte und fortfuhr, Schlick, Sand und Unrat aus dem undurchsichtigen Hafenwasser in den Prahm zu schaufeln, der scharrend an der eisernen Außenwand auf und ab rieb.

10

Das Gerichtsmedizinische Institut war ein nüchterner Zweckbau mit der beklemmenden Atmosphäre beamteter Wissenschaft und mit einer Luft, die nach Bohnerwachs, Desinfektionsmitteln und Aktenstaub roch. Ein Anwalt hastete, den Talar über dem Arm, durch den Flur, den Hornschuh Jutta Krieschkes Eltern entlangführte. In einem Seitengang unterhielten sich vor einer geöffneten Tür zwei Ärzte mit funkelnden Brillen.
Die Räume, in denen die Obduktionen vorgenommen wurden, lagen im Halbkeller. Durch hoch an den Wänden angebrachte Fenster drang nur wenig Tageslicht hinein. Überall hingen riesige Neonlampen.
Hornschuh führte die Eltern zuerst in das kleine Büro, das den Ärzten zwischen den Obduktionen als Aufenthaltsraum diente.
Kommissar Zimmermann hatte die Kleider des Mädchens zum Trocknen auf Bügel gehängt.
Was Johanne Krieschke empfand, als sie das Büro betrat, war nicht einmal ein bestimmtes Unbehagen. Alles war Un-

behagen und floß in ihr zusammen zu einer Empfindung, die sich in nichts von der stumpfen Öde unterschied, in die sie auftauchte, wenn sie aus ihren Euphorien erwachte.
Sie konnte nicht klar denken und wollte es auch nicht. So nahm sie nur sehr langsam und mit einem widerstrebenden Erstaunen wahr, daß die herumhängenden Sachen nicht Jutta gehörten.
»Kennen Sie irgend etwas davon?« fragte Hornschuh und berührte das dunkle Satinkleid. »Das Kleid vielleicht? Oder den Mantel? Sie sagten allerdings gestern . . .«
Johanne Krieschke schüttelte den Kopf. »Nein, es ist nicht ihr Kleid. Und es ist auch nicht der Mantel, den sie anhatte. Die Wäsche könnte es sein. Ja, die Wäsche ist es wohl . . .«
»Wissen Sie das genau?« fragte Kommissar Zimmermann, der plötzlich in der Tür stand. »Das mit der Wäsche? Sehen Sie sich jedes einzelne Stück an.«
Er wußte aus Erfahrung, daß Wäsche fast immer das letzte Mittel war, mit dem man Tote identifizieren konnte, weil sie zu wenig Unterscheidungsmerkmale trug. Er war deshalb skeptisch, als Johanne Krieschke jetzt ein Stück nach dem anderen in die Hand nahm.
Sie wunderte sich nicht einmal darüber, daß in ihrem dumpfen Gehirn keine Hoffnung aufdämmerte, es könnte nicht Juttas Wäsche sein. Abwesend ließ sie ein Stück nach dem anderen durch die Finger gleiten und nickte dann mit dem Kopf. »Die Wäsche? Sie hat solche. Ja, das ist Juttas Wäsche.«
»Und sonst?« fragte Kommissar Zimmermann.
»Die Schuhe.« Johanne Krieschke starrte auf die hochhackigen, schon etwas abgetretenen braunen Damenschuhe wie auf ein Geschenk, das man nicht zu berühren wagte. »Die Schuhe sind es auch, Bruno. Die Schuhe – so sag doch was. Ich habe es doch gewußt. Ich habe es doch ganz genau gewußt, Bruno. Mein Gott, ich habe es doch gewußt«, schluchzte sie plötzlich auf.
Aber es stellte sich heraus, daß Bruno Krieschke die Schuhe

seiner Tochter ebensowenig kannte wie ihre anderen Kleidungsstücke.

»Also die Schuhe erkennen Sie genau. Die Wäsche könnte es sein, und der Mantel und das Kleid sind es nicht.« Kommissar Zimmermann setzte sich an den Schreibtisch und machte sich einige Notizen für sein Protokoll. »Es ist aber ausgeschlossen, daß die Tote Wäsche und Schuhe angehabt hat, die Sie als diejenigen Ihrer Tochter zu erkennen glauben, und Kleid und Mantel, von denen Sie mit Bestimmtheit sagen, daß sie nicht ihr gehörten. Bei einem von beiden müssen Sie sich täuschen. Wobei täuschen Sie sich? Bei den Sachen, von denen Sie glauben, daß sie ihr gehörten, oder bei den Sachen, von denen Sie glauben, daß sie ihr nicht gehörten?«

Seine Augen waren hinter den Brillengläsern kalt wie Fischaugen auf Johanne Krieschke gerichtet, ohne das geringste Gefühl erkennen zu lassen.

»Bei dem Mantel nicht. Und das Kleid gehört auch nicht ihr. Und das andere ist so, wie es eben ist. Sie haben es ja selbst gesagt.«

Hornschuh sah jetzt Bruno Krieschke an und fragte ihn: »Glauben Sie, daß Ihre Tochter, wenn sie abends ausging, einen grauen Trevirarock und einen lila Pullover anhatte? Besteht nicht die Möglichkeit, daß sie irgendwo anders, vielleicht im Geschäft, Kleider für diesen Zweck hatte?«

»Davon weiß ich nichts«, antwortete Krieschke. »Sie können mich doch keine Sachen fragen, die ich nur vermuten kann. Vielleicht ist es so. Vielleicht auch nicht. Woher soll ich das schließlich wissen?«

»Nein.« Johanne Krieschke schüttelte den Kopf. »Bestimmt nicht.«

Im selben Augenblick aber fragte irgend etwas in ihr: Warum eigentlich nicht? Wenn du sie schon aus dem Hause getrieben hast, warum nicht auch dazu? Sie sah, wie Kommissar Zimmermann den Stuhl zurückschob, aufstand und den Mantel in die Hand nahm.

»Wo war Ihre Tochter doch beschäftigt?«

»Bei Wedekamp. Am Lager.«
Kommissar Zimmermann zeigte jetzt Hornschuh das Etikett. Dann warf er Frau Krieschke einen Blick zu.
»Was haben Sie denn da?« fragte Bruno Krieschke.
Zimmermann hielt ihm wortlos das Etikett hin. »Carlos Wedekamp« las Krieschke.
»Es kann schon sein«, murmelte er. »Ich weiß es ja auch nicht. Wer weiß schon was? Ich weiß es auch nicht.«
Das gleiche Etikett fand sich in dem dunklen Satinkleid. Das alles konnte die trostlose Bitterkeit, die Johanne Krieschke erfüllte, nicht mehr vertiefen. Sie war ohnehin davon überzeugt, daß die Tote da nebenan auf dem weißen Operationstisch ihre Tochter war und daß sie sie in den Tod getrieben hatte.
Sie überlegte verzweifelt, wie sie es Bruno begreiflich machen könnte, als Kommissar Zimmermann jetzt die Tür zum Obduktionssaal öffnete und hineinging, als ginge er zu Hause vom Wohnzimmer in die Küche.
Über dem Gesicht der Toten lag ein häßliches rotes Gummituch, alles übrige war mit einem groben weißen Laken bedeckt, unter dem sich die Formen des Körpers abzeichneten. Auf einen Wink des Kommissars hin schlug der Gehilfe mit seinem zugleich brutalen und unsicheren Gesicht das Laken von oben nach unten zurück. Kommissar Zimmermann heftete seine Augen auf Johanne Krieschke und sah dann auf die Tote. Anschließend blickte er fragend ihren Mann an. Bruno Krieschke zuckte mit den Schultern.
»Gewöhnlich trug sie eine Kette«, sagte er heiser. »Eine ganz dünne Goldkette mit einem Aquamarin daran. Wo ist die Kette?«
»Und sonst?« fragte Zimmermann.
Bruno Krieschke zuckte wieder mit den Schultern. »Sie war ungefähr zehn, als ich sie das letztemal so gesehen habe«, antwortete er und spürte dumpf eine Übelkeit in sich aufsteigen, als sich Johanne Krieschke aus ihrer Erstarrung löste und seinen Hals umklammerte.

»Na, Frau Krieschke, es hilft ja nichts. Ist sie es?« wollte Zimmermann wissen.
»Nimm dich zusammen, Hanne«, sagte Bruno Krieschke. »Wir können doch sowieso nichts daran ändern.«
Johanne Krieschke drehte sich um. Sie wußte nicht, wo sie ihre Hände lassen sollte.
»Das Gesicht«, sagte sie. »Ich muß ihr Gesicht sehen.«
»Das Gesicht kann man nicht sehen«, erwiderte Zimmermann. »Seien Sie doch vernünftig.«
Bruno Krieschke wurde es schwindlig, als er Johanne hysterisch und haltlos aufschluchzen hörte. Er schwankte und spürte wie im Unterbewußtsein, daß Hornschuh seinen Arm ergriff und ihn in das Büro hinauszog.
»Legen Sie sich hin«, hörte er den Beamten sagen. »Schließen Sie die Augen, und entspannen Sie sich.«
Bruno Krieschke schüttelte den Kopf. »Luft«, sagte er. »Ich brauche etwas Luft und eine Zigarette.«
Hornschuh ließ ihn vorsichtig los.
»Dann kommen Sie mit hinauf in den oberen Flur. Da kann man die Fenster öffnen.«
Gleichgültig folgte Bruno Krieschke dem Beamten hinaus auf den Kellerflur und stieg hinter ihm nach oben ins Erdgeschoß. An einem der hohen Fenster blieben sie stehen.
»Geht es wieder?« fragte Hornschuh Bruno Krieschke, der sich mit hastigen Bewegungen eine Zigarette anzündete. »Die Aufregung. Ich kann mir das gut vorstellen. Wer denkt schon an so was?«
Krieschke nickte und stützte sich mit der Hand auf die Mauerkante, die das Fenster einfaßte. »Ja«, sagte er. »Wer denkt schon an so was.«
Bruno Krieschke konnte dem Beamten unmöglich erklären, warum ihm da unten in dem Obduktionssaal übel geworden war. Er fürchtete, sich lächerlich zu machen, wenn er ihm sagte, daß er 1944 gvH geschrieben und kurz darauf entlassen wurde, weil nach fünf Jahren Krieg der Anblick von Leichen nervöse Anfälle mit hemmungslosem Zittern

und Schreikrämpfen bei ihm hervorgerufen hatte, die regelmäßig in Erbrechen endeten.
Es hatte ein halbes Jahr gedauert, bis auch der Truppenarzt davon überzeugt gewesen war, daß er nicht simulierte.
»Ja, wer denkt schon an so was?« Er machte eine Pause. »Sie denkt an so was, in ihrem Zustand. Sie glaubt, daß das Mädchen da unten die Jutta ist. Das hängt alles miteinander zusammen, sage ich Ihnen.«
Hornschuh wußte, wie Krieschke es meinte.
»Kann man da gar nichts tun?« fragte er nach einer Weile.
»Daß Sie das interessiert?«
In Krieschkes Ton lag mehr Resignation als Erstaunen.
»Es ist doch tragisch, so was«, sagte Hornschuh.
»Es war einmal tragisch. Jetzt ist es eben so. Das ist alles vorbei.«
Bruno Krieschke zog den Rauch in die Lungen und stieß ihn heftig wieder aus. »Es ist ein Wunder, daß sie es überhaupt so lange ausgehalten hat. Zwanzig Jahre sind eine lange Zeit. Die Leber soll schon vergrößert sein. Aber was wollen Sie . . .«
»Zwanzig Jahre?«
Krieschke sah Hornschuh an, und zum erstenmal fielen Hornschuh seine wäßrigen Augen hinter den Brillengläsern auf.
»Ja, zwanzig Jahre. Sie war mal ein hübsches Ding, die Hanne. Das sieht man nicht mehr . . .«
»Doch, doch, sagen Sie das nicht . . .«
»Nein, man sieht es nicht mehr«, beharrte Bruno Krieschke. »Ich weiß das besser als Sie.«
»Zwanzig Jahre.« Hornschuh dachte nach. »1944.«
Krieschke nickte. »Sie hält nicht viel aus, wissen Sie. Sie haben ja gesehen, was von der Markmannstraße übriggeblieben ist. Sie hatte gerade die Jutta damals. Wahrscheinlich hat sie am meisten Angst um das Kind und die Milch gehabt. Vielleicht hatte sie auch Angst um mich. Im August 1943, als der Feuersturm war, war sie schon schwanger gewesen. Sie

hat es eben nicht ausgehalten. Im Haus wohnte damals der Kantinenwirt von einer Marinebehörde. Die hatten Gin mehr als genug. Ich weiß nicht, ob sie mit dem was gehabt hat, um den Alkohol zu kriegen, oder ob er einfach Mitleid hatte. Das gibt es ja auch. Als ich dann endlich 1944 entlassen wurde, hatte sie zwar keine Angst mehr im Keller, aber dafür war sie Nacht für Nacht betrunken. Ich habe auch nicht direkt was dagegen getan, wissen Sie. Ich war ganz froh, daß sie nicht alles mitgekriegt hat. Wer hat damals schon weiter gesehen? Es war ja alles egal. Sie kennen das nicht mehr so.«

Hornschuh nickte. »Ich war zu der Zeit gerade acht und auf dem Land.«

»Na, sehen Sie«, sagte Bruno Krieschke, warf den Rest seiner Zigarette auf den Boden und trat darauf. »Es war alles ziemlich egal damals. Der Krieg hat sie kaputtgemacht. Und denen, die er auf diese Art kaputtmacht, setzt keiner ein Denkmal.«

Es nahm niemanden wunder, daß Johanne Krieschke den Körper ihrer Tochter erkannte. Den Ausschlag gaben die Haare, die Blinddarmnarbe und ein Leberfleck am Ansatz der Schulter, da, wo sie in die Achselhöhle überging.

Sie mußte zwar erst eine Weile überlegen, ob Jutta ihn rechts oder links gehabt hatte, und sie war sich ein paar Minuten lang auch nicht ganz sicher, ob sie ihn von ihr kannte oder von Karin oder von Elke.

Aber dann dachte sie an das Etikett in Kleid und Mantel, und plötzlich war sie sicher, daß der Leberfleck links gewesen war, und sie wußte jetzt auch ganz genau, daß er an Juttas Schulter war.

Kommissar Zimmermann sah sie wie ein mißtrauischer Richter an.

Johanne Krieschke blickte verängstigt von den gefliesten Wänden, zwischen denen sie mit ihm und der Toten allein war, in seine gewölbten Brillengläser, hinter denen sich jetzt eine Spur von Empfindung zeigte.

Endlich nickte sie gequält und wußte natürlich nicht, daß mit diesem Nicken die Gefahr für ihr Kind erst wirklich begann.

11

Jemand hämmerte von außen so heftig gegen seine Tür, daß der altmodische Messinghaken, mit dem er sie versperrt hatte, in seiner Öse klapperte.
Sie haben irgend etwas gefunden, irgend etwas ist los, war sein erster Gedanke, als er aus einem kurzen, bleiernen Schlaf aufschreckte.
»Was ist los?« fragte er, und im selben Moment wurde ihm bewußt, daß seine Stimme nichts als ein heiseres Krächzen war. Der Idiot da draußen hämmerte immer noch an die Tür. Die Wirklichkeit warf ein graues Vormittagslicht durch zentimeterdickes rundes Glas, das von eingetrockneten Salzwasserspritzern fast blind war. Hendrik Maggus räusperte sich. Einmal und dann noch einmal.
»Was ist denn los, verdammt noch mal?«
Er setzte sich in seiner Koje auf und hatte das Gefühl, daß der mächtige Schiffsrumpf beunruhigend still lag, festgewachsen, wie einzementiert. Ihr Schiff war noch immer an demselben Kai, auf dem ihn gestern das Mädchen angesprochen hatte.
»Um halb eins zum Kapitän, Sir. In die Messe«, hörte er draußen jemanden sagen.
Maggus blickte auf seine Armbanduhr. Es war zehn vor halb. Automatisch, wie sein Gehirn sich seit gestern daran gewöhnt hatte, setzte er diese Uhrzeit in die Zahl der Stunden um, die noch bis zum Auslaufen blieben. Es waren vierzehneinhalb.
Er wälzte sich von der Koje und merkte, daß er noch immer den Mantel trug, in dem er gestern weggegangen war. Er

schwankte etwas, als er zwei schwere Schritte zu seinem Waschtisch machte, und wünschte sich mehr als alles andere, es möge das Schwanken des Schiffes sein und nicht sein eigenes.

Aber die Konturen der Kräne und Masten draußen vor der Glasscheibe waren unbeweglich. Aus dem schwarzen Schornstein eines indischen Frachters wälzten sich, vom Wind nach unten gedrückt, braune Rauchwolken. Sonst stand die Welt still und hing als bleiernes Gewicht an den Zentren seiner Angst.

Er sah sein Gesicht im Spiegel. Unter den Augen hatte er dunkle Ringe, und der Schatten des unrasierten Bartes verwischte die Konturen von Kinn und Hals. Maggus stützte sich auf den Rand des Waschbeckens. Um halb eins zum Kapitän. Das hörte sich wie eine Besprechung an. Und in die Messe. Natürlich, es war eine Besprechung, und Luzifer hatte ihn nur eigens holen lassen, weil er wußte, daß Maggus noch schlief.

Seine Angst wich allmählich. Nichts war geschehen, und außerdem war es ja auch ganz ausgeschlossen, daß zwischen gestern abend und jetzt irgend etwas geschehen sein konnte. Hendrik Maggus spürte in dieser Sekunde deutlich, was es für einen Mann bedeutet, sich nahe an einer Panik zu befinden. Das ist es, was ich auf jeden Fall vermeiden muß, dachte er.

Er starrte sich in die Augen. Dann faßte er einen Entschluß. Er riß sich den Mantel herunter, den Pullover, das Hemd und ließ Salzwasser in das Becken laufen. Mit kaltem, hartem Wasser konnte man das ganze Elend von sich herunterwaschen. Es war immer ein kleiner neuer Anfang, wenn man gewaschen war, und Maggus spürte das sehnsüchtige Verlangen nach einer kalten Dusche. Aber dazu war es zu spät. Er wusch sich Hals, Gesicht, Oberkörper und die muskulösen braunen Arme. Dann rasierte er sich den kratzigen Bart ab. Unter der weichen, duftigen Creme spannte sich seine Haut. Nur wer ihn sehr gut kannte, hätte seinen Augen an-

gesehen, daß etwas mit ihm nicht stimmte. Aber so gut kannte man sich nicht an Bord, obwohl man Tag und Nacht aufeinander angewiesen war.
Das Hemd flog wieder über den Kopf. Sogar der Pullover erschien ihm sauberer als vorher, und während er quer über die Koje nach seiner zweiten Mütze griff, warf er einen Blick nach draußen. Es sah so aus, als ob man einen Schal brauchte. Anstatt in seinen halb zivil geschnittenen blauen Mantel von gestern abend fuhr er in seinen abgetragenen schwärzlichen Bordmantel mit den Goldknöpfen und zog die Handschuhe aus den Taschen.
Eine Minute vor halb schloß er die Tür hinter sich, ging pfeifend den Kajütflur entlang und stieg den schmalen Niedergang hinab, der zur Messe führte.
Die anderen standen rauchend oder mit den Händen in den Taschen ihrer Mäntel und Hosen herum. Die Messe erinnerte mit dem abgewetzten bräunlichen Plüschbezug ihrer Sitzbänke und Stühle an ein Chambre séparée aus dem Anfang des Jahrhunderts. Die drei am Boden festgeschraubten Tische waren mit eingetrockneten Alkoholringen bedeckt. In den Ecken der Glastüren des Bücherschranks, in dem Gläser und Flaschen standen, steckten bunte Ansichtskarten, verblaßte Erinnerungen an Häfen, Landschaften und Frauen, die einmal Gegenwart gewesen waren. Niemand machte sich die Mühe, sie herauszuziehen. Warum auch. Es war Zeit genug dafür, wenn eine andere Gegenwart, morgen oder in drei Monaten, einen Platz in einer der Ecken für sich beanspruchte.
»Wieder okay, Maggus?« Wilkinson, der Zweite, warf einen Blick auf Maggus. Er feixte. »So voll hab ich dich noch nie gesehen. War direkt ein Genuß, dir zuzuschauen.«
Sonderbar, dachte Maggus, daß von diesem Burschen mit seiner grobgeschnitzten, heimtückischen Visage alles hier an Bord abhängt. Wilkinson war der einzige, der in der Lage war, eine zuverlässige Kursberechnung zu liefern. Und er wußte das und nützte es aus. Farlow war ein Bulle, nichts als der

Knüppel Luzifers, der Profos einer gnadenlosen Disziplin, einerseits wie geboren dazu, um sich durchzusetzen, aber andererseits zu stumpf dazu und zu blöd. Er konnte es nur, wenn eine fremde Intelligenz seiner eigenen Brutalität den Rücken stärkte. Und das war Luzifers Intelligenz. Farlow war nichts ohne Luzifer, und der Kapitän rühmte aus diesem Grund bisweilen, tückisch lächelnd, die Loyalität seines Ersten Offiziers.

Swarower lehnte an der Tür zur Pantry und blickte auf das Chronometer an der gegenüberliegenden Wand. Farlow schlug gerade seine Jacke zurück und tastete in den Brusttaschen seines Khakihemdes nach Zigaretten. Aus seinen kleinen glanzlosen Augen sah er Maggus dabei an. Schließlich gab er es auf, schob sich den Schirm der Mütze aus der Stirn und verzog den Mund. Er wollte gerade etwas zu Maggus sagen, als Luzifer die Messe betrat.

Luzifers kohlschwarze große Augen hatten etwas Verträumtes, sobald er nicht auf der Brücke stand und sie zu schmalen Schlitzen zusammenkniff. Er musterte die Männer, während er sich am Kopfende des längsten der drei Tische niederließ und Papiere vor sich ausbreitete. Keiner stand mehr angelehnt. Luzifer nickte und gab mit leiser Stimme in gestochenem Oxford-Englisch seine Anweisungen für den restlichen Tag.

»Das Verladen wird bis achtzehn Uhr dreißig beendet sein, Mr. Maggus. Sie haben Decksdienst und sind dafür verantwortlich.«

»Aye, aye, Sir«, murmelte Maggus.

»Um neunzehn Uhr verholen wir an den Ölkai zum Bunkern von Brennstoff. Mr. Swarower, Sie lassen um achtzehn Uhr Dampf aufmachen, um das Manöver durchzuführen.«

»Aye, aye, Sir.«

»Mr. Farlow, wir benötigen für dieses Manöver zwar keinen Lotsen, aber zwei Hafenschlepper. Veranlassen Sie das Erforderliche.«

»Aye, aye, Sir.«

»Der Elblotse für das Auslaufen ist für Viertel nach eins heute nacht zu bestellen, Mr. Wilkinson. Ebenso die nötigen Bugsierschlepper. Um vom Ölkai wegzukommen, brauchen wir zwei.«
»Aye, aye, Sir«, sagte Wilkinson, dem damit der Brückendienst für das Auslaufen aus der Elbmündung zufiel. Das bedeutete für ihn, daß er den heutigen Abend an Bord verbringen mußte.
Irgend jemand hatte das Radiogerät eingeschaltet. Luzifer verließ mit geschmeidigen Schritten die Messe, um seinen täglichen Mittagsschlaf zu halten. Die anderen verfolgten den Seewetterbericht, und mechanisch verglich Maggus seine Uhr mit der Zeitdurchsage im Lautsprecher, obschon das Schiffschronometer über Farlows Kopf zuverlässiger war als jede Funkzeit. Noch während er seine Uhr aufzog, war ihm, als versagten ihm plötzlich die Beine den Dienst.
»Das Polizeipräsidium Hamburg teilt mit...« hörte er die blecherne Stimme des Rundfunkansagers gleichsam aus einer anderen Welt in sein persönliches Schicksal eingreifen. Farlow drehte das Radio ab, und mit zwei Schritten, von denen er später nicht mehr genau sagen konnte, wie sie zustande gekommen waren, war Maggus am Apparat und schaltete ihn wieder ein.
Er konnte nur mit Mühe sein Entsetzen verbergen, als er hörte, daß die Leiche der seit vorgestern als vermißt gemeldeten zwanzigjährigen Jutta Krieschke heute morgen aus dem Billhafen geborgen worden sei.
Die Polizei vermute ein Verbrechen. Es könne sich aber auch um einen Unfall handeln. Die Bevölkerung werde aufgefordert ... Personen, die den Vorfall beobachtet ... gestern abend zwischen sechs und neun Uhr ... auf Wunsch vertraulich ...
Dann hämmerte die Programmvorschau in Hendrik Maggus' angeschlagenes Gehirn. Erstes Programm, Zweites Programm, UKW, die langweilige musikalische Palette, dargereicht von ... das langweilige große Unterhaltungspro-

gramm, es singen und spielen für Sie die Publikumslieblinge ...
»Interessiert Sie das auch noch?« hörte Maggus den Ersten fragen und glaubte schon, in seinen Augen etwas Lauerndes zu bemerken.
Farlow schaltete ab, und Hendrik Maggus sah, daß alle ihn anblickten, und empfand das plötzliche Schweigen in der Messe wie ein fernes Brausen in seinen Ohren.
»Natürlich nicht. Entschuldigen Sie«, sagte er zu Farlow, dessen Gesicht man deutlich ansah, daß er angestrengt nachdachte.
Hinter Wilkinson und Farlow verließ auch Maggus die Messe. Zu dritt gingen sie den Kajütflur entlang. Am Ausgang blieb Maggus stehen, um über das Süll auf Deck hinauszusteigen. Farlow drehte sich zu Maggus um, während Wilkinson weiter vorn pfeifend in seiner Kammer verschwand.
»Sie kannten das Mädchen wohl«, sagte Farlow unvermittelt.
Es kam Maggus so vor, als würde ihm der Boden unter den Füßen weggezogen. Einen Augenblick lang wußte er nicht, was er antworten sollte.
»Wo denken Sie hin, Mr. Farlow«, stieß er schließlich hervor.
Auch Farlow schwieg einen Moment.
»Ich hatte so den Eindruck«, sagte er dann. »Aber ich kann mich natürlich getäuscht haben.«
»Natürlich, Sir.«
Einen weiteren Augenblick lang sahen sich die beiden Männer direkt ins Gesicht. Dann stapfte Farlow, breit wie ein Schrank, davon, während sich Maggus für eine Sekunde stützen mußte.
Der Ingenieur riß ihn aus seiner Erstarrung, als er ihm unvermutet von hinten auf die Schulter klopfte.
»Du kannst ja heute abend noch einmal von Bord, du Glückspilz«, sagte er. »Ich auch, wenn ich den Kahn an die Ölpier gebracht habe. Hast du was dagegen, wenn wir zusammen losziehen?«

»Keine Lust«, erwiderte Maggus. »Ich habe verdammt keine Lust, noch mal von Bord zu gehen. Es ist doch immer dasselbe.«
»Ach komm«, sagte der Dok. »Was willst du denn sonst machen? Wer weiß, wann wir wieder einen zivilisierten Hafen anlaufen. Das kann Monate . . .«
»Wirst du bis ein Uhr fertig mit deinem Öl?« unterbrach ihn Maggus. »Es hängt von dir ab, ob wir pünktlich rausgehen.«
»Du hast es ja mächtig eilig diesmal«, sagte der Dok. »Das kenne ich gar nicht bei dir. Außerdem hängt es von dir ab. Wenn die Luken bis halb sieben geschlossen sind, sind auch die hundertzwanzig Tonnen Öl bis eins im Bunker. Von dir hängt es ab, mein Lieber, nicht vom alten Dok.«
Swarowers Gesicht näherte sich jetzt dem von Maggus. »Warum hast du es denn so eilig? Noch Ärger gehabt? War noch irgend etwas los, nachdem wir uns gestern abend getrennt hatten?«
»Ich glaube nicht. Ich kann mich an nichts mehr erinnern. Ich habe nur die Schnauze voll.«
Eugen Swarower nickte. »Kann ich mir denken, so wie du geladen hattest. Aber das geht ja vorbei. Sieh mal, mein Lieber . . .«
Der Ingenieur redete und redete, und Maggus fiel es unterdessen wie Schuppen von den Augen. Es fiel ihm ein, wo er während der letzten vierundzwanzig Stunden den Namen Jutta gehört hatte. Der kleine Dicke hatte gestern abend in der Bar – wie hieß sie denn gleich – das Mädchen Jutta genannt, das ihn nachher noch auf den Dampfer begleiten wollte.
Undeutlich erinnerte er sich, daß sie selbst ihm erzählt hatte, sie sei vor zwei Tagen von zu Hause davongelaufen und habe bis dahin in einem Warenhaus gearbeitet. Sie sei schon zwanzig, hatte sie ihm überdies versichert, und brauche sich von niemandem etwas vorschreiben zu lassen. Sie sei alt genug, hatte sie gesagt, um zu wissen, was

sie wolle, und das, was sie hinter sich habe, wolle sie auf keinen Fall.
»Na schön«, hörte er den Dok sagen. »Wir sprechen uns noch mal. Vielleicht überlegst du es dir doch noch anders.«
Dann sah Hendrik Maggus den Ingenieur im Dunkel des Niedergangs verschwinden. Langsam stieg Maggus, den die Polizei der Hansestadt fieberhaft suchte, hinaus aufs Deck. Er überzeugte sich mit einem kurzen Blick, daß die Ladearbeiten vorschriftsmäßig in Gang waren, schlug den Mantelkragen hoch, lehnte sich zwischen zwei Booten über die Reling und starrte hinüber zu der Ecke des Lagerschuppens, wo ihn gestern abend das Mädchen angesprochen hatte, das jetzt tot war.
Ob nur er allein es wußte, daß Jutta Krieschke noch lebte und daß die Tote, die sie heute morgen aus dem Wasser geborgen hatten, eine ganz andere war? Wenn das der Fall war, dann hatten sie auch ihre Personalien noch nicht, dann war das tote Mädchen für die Polizei einfach nicht existent. Dann ließ sich für die Polizei auch keine Verbindung zwischen ihr und Kat herstellen. Dann war er, Hendrik Maggus, für die Polizei noch immer eine unbekannte Größe und hatte Chancen, durch die Maschen zu schlüpfen.
Was aber, wenn Jutta Krieschke die Durchsage im Radio auch gehört hatte? Wenn sie ebenfalls wußte, daß die Dinge sich anders entwickelt hatten, als sie es gewollt hatte? Daß ihre Eltern sie für tot hielten?
Er war versucht, an den Knöpfen seines Mantels abzuzählen, ob Jutta Krieschke das für eine willkommene Gelegenheit hielt, spurlos unterzutauchen, oder ob sie zu weich dazu war und zu ihren Eltern rannte, um den folgenschweren Irrtum aufzuklären.
Wenn das geschah, dann kam er in die unmittelbare Gefahrenzone. Er wußte, wie die Polizei in allen Hafenstädten der Welt vorging, wenn auch nur der geringste Verdacht bestand, daß ein Seemann in eine dreckige Geschichte ver-

wickelt war. Wenn sie die Tote identifizierten, dann kamen sie auch auf ihn.
Einen Augenblick lang dachte er erleichtert daran, daß die Leute, die in einer Bar arbeiteten, häufig bis gegen Mittag schliefen. Wahrscheinlich wußte die Kleine noch gar nichts. Vielleicht erfuhr sie es aber heute nachmittag oder am Abend von ihren Kolleginnen. Welche Folgerungen ergaben sich für ihn, wenn er von dieser für ihn ungünstigsten Annahme ausging? Darüber nachzudenken, hatte er vier Stunden Zeit. Es würde ihm schon einfallen, was er zu tun hatte. Es war ihm noch immer eingefallen.
Gemächlich ging er, die Hände tief in den Manteltaschen, nach vorne und sah einer riesigen Kiste zu, die am Lasthaken eines quietschenden Krans langsam kreisend in der vorderen Luke verschwand.

12

Als Kommissar Ketterle um zwanzig nach eins mit dem Aufzug nach oben fuhr, den Flur hinunterging und sein Vorzimmer betrat, saß dort eine fremde Frau. »Die Dame wartet schon seit einer Stunde«, sagte Fräulein Klings vorwurfsvoll, während sie Puder und Lippenstift wieder in der Schublade ihres Schreibtischs verstaute. »Herr Hornschuh war auch nicht da, und Herr Noell sagt, daß er den Fall nicht kennt. Da hielt ich es für besser . . .«
»Welchen Fall?« unterbrach sie der Kommissar, während er den Mantel auszog, über den Arm legte und die Tür zu seinem Zimmer öffnete. »Kommen Sie doch bitte herein.«
Er ließ die Frau vorangehen. Es war eine einfache Frau, die wenig Aufhebens von sich machte. Ketterle hielt sie auf den ersten Blick für die Witwe eines kleinen Beamten, die jetzt von einer knappen Pension oder von der Vermietung von ein, zwei Zimmern lebte. Sie setzte sich umständlich auf den

Stuhl vor seinem Schreibtisch und stellte eine große Einkaufstasche neben sich auf den Teppich.
»In welcher Sache kommen Sie?« fragte der Kommissar, während er seine Mittagszigarre vorbereitete.
»In dem Fall Gerda Mellrich, Herr Kommissar«, antwortete die Frau bescheiden. »Wissen Sie, es geht mich eigentlich gar nichts an, und ich hätte auch nicht . . .«
»Gerda Mellrich«, wiederholte Ketterle und schob die Zigarre zwischen die Zähne. »Kenne ich nicht. Noch nie gehört. Was ist mit Gerda Mellrich?«
»Man hat mich zu Ihnen geschickt«, sagte die Frau gekränkt. »Es geht mich ja eigentlich gar nichts an, aber ich dachte . . .« Sie stockte.
»Was?« fragte der Kommissar. »Was dachten Sie?«
»Sie ist gestern nachmittag ausgegangen«, berichtete die Frau, »und bis jetzt noch nicht wieder nach Hause gekommen, obwohl sie sich schon für gestern abend Kaffeewasser und Tauchsieder in ihrem Zimmer zurechtgestellt hat.«
Ketterle lehnte sich zurück.
»Ihre Tochter?« fragte er. »Sind Sie Frau Mellrich?«
»Nein«, antwortete die Frau. »Ich bin nicht Frau Mellrich. Sie hat bei mir ein Zimmer gemietet. Fräulein Mellrich, meine ich.«
Der Kommissar schwieg und starrte die Frau an. »Nummer fünf«, murmelte er dann vor sich hin und war sehr im Gegensatz zu seinen sonstigen Gewohnheiten versucht, einen Fluch nicht zu unterdrücken.
»Wie bitte?«
Ketterle zog die Oberlippe hoch. »Nichts. Wo wohnen Sie?«
»Muß ich das sagen?«
»Natürlich. Wenn Sie schon zu uns kommen.«
»Man hat mir unten erklärt . . .«
»Hören Sie«, sagte der Kommissar, »Sie lesen doch Zeitung, nicht wahr? Sie würden doch jetzt nicht in meinem Zimmer sitzen, wenn Sie glaubten, Fräulein Mellrich sei gestern nachmittag ausgegangen, habe dann die Nacht mit einem

Freund durchgebummelt und läge jetzt auf ihrer Couch, wenn Sie nach Hause kommen. Das haben Sie doch ganz sicher nicht gedacht.«

»Nein«, erwiderte die Frau kleinlaut.

»Na also. Was haben Sie sich gedacht?«

Die Frau zögerte. »Vielleicht, daß es mit . . . mit den . . .«

»Sehen Sie. Und wie glauben Sie, daß die Polizei einer Spur nachgehen kann, wenn Sie uns nicht sagen wollen, wer Sie sind und wo Sie wohnen? Glauben Sie, wir können uns die Angaben, die wir brauchen, aus den Fingern saugen? Es nützt mir gar nichts zu wissen, daß Fräulein Mellrich verschwunden ist. Ich brauche alle nähere Einzelheiten. Andernfalls kann ich nichts tun. Und Sie wollen doch, daß ich etwas tue, oder?« Er beugte sich plötzlich nach vorne und sah die Frau aufmerksam an. »Und vielleicht sind ja gerade Sie die Person, die uns endlich auf eine Spur in dieser Mordserie bringt. Vorausgesetzt, es ist auch bei Fräulein Mellrich so, wie es bisher schon in vier anderen Fällen war.«

Der Kommissar schwieg eine Weile, dann lehnte er sich wieder zurück.

»Wenn Sie übrigens einen bestimmten Grund haben, nicht zu sagen, wer Sie sind und wo Sie wohnen . . . Ich versichere Ihnen, dieser Grund interessiert uns nicht im mindesten, wenn Sie uns Anhaltspunkte liefern, mit denen wir etwas anfangen können. Es ist mir zum Beispiel ganz egal, an wen Sie Ihre Zimmer vermieten, für wieviel Geld und zu welchem Zweck, verstehen Sie mich?«

»Woher wissen Sie das?« murmelte die Frau und wurde rot.

»Ich bin seit dreißig Jahren bei der Kriminalpolizei. Davon zwölf beim Sittendezernat und achtzehn bei der Mordkommission. Auf diesem Stuhl saßen schon viele Frauen, die nicht sagen wollten, wer sie sind, Frau . . .?«

»Ferch.«

»Na, sehen Sie, Frau Ferch.« Der Kommissar lächelte. »Jetzt fangen wir endlich doch an, uns zu verstehen.«

Offensichtlich hatte sie Vertrauen zu ihm gefaßt.

»Und nun erzählen Sie schön der Reihe nach. Unser Gespräch bleibt unter uns. Ehrenwort. Wie lange wohnte sie schon bei Ihnen?«

»Seit einem dreiviertel Jahr. Sie war eine nette Dame und zahlte immer pünktlich ihre Miete. Vor zwei Jahren starb mein Mann, wissen Sie. Und wie die Witwenpension eines Postsekretärs aussieht, der mit neunundvierzig Jahren stirbt, können Sie sich ja vorstellen.«

Der Kommissar nickte.

»Jeder hat mir geraten, an eine Dame zu vermieten, und als Fräulein Mellrich damals bei mir läutete und mich direkt danach fragte, habe ich mir einen Ruck gegeben und es getan. Sie hat mir gleich von Anfang an gesagt, mit Herrenbesuch und so . . . aber sie hat immerhin das Doppelte von dem gezahlt, was ich normal . . .«

Der Kommissar nickte wieder. Er kannte das alles. »War sie eine Reguläre?« fragte er. »Ich meine eine, die beim Gesundheitsamt registriert ist?«

Frau Ferch schüttelte den Kopf. »Nein, Herr Kommissar, das war sie nicht. Ich habe sie auch immer in Schutz genommen. Sie hatte ja niemanden mehr, und die Mädchen rutschen dann so rein, gewöhnen sich daran, und es gelingt ihnen nicht mehr, ein anderes Leben anzufangen. Ich habe ihr immer gesagt, wissen Sie, habe ich gesagt . . .«

Kommissar Ketterle konnte ein Lächeln nicht ganz unterdrücken. Er hatte zuviel Erfahrung in diesen Dingen. Ihm selbst war es, obwohl sie gerade zu ihm alle Vertrauen gehabt hatten, nur ein einziges Mal gelungen, ein Mädchen durch gutes Zureden wieder auf den richtigen Weg zu bringen.

»Na ja«, sagte er. »Und trotzdem haben Sie es für richtig gehalten, das zu unterstützen. Aber das ist Ihre Sache. Lassen wir das. Wie kam sie ausgerechnet zu Ihnen?«

»Ihr ist ein Unglück widerfahren, Herr Kommissar. Ein Unglück mit einer Freundin, mit der sie zusammen wohnte. Sie wissen das doch wahrscheinlich. Deswegen bin ich ja eigentlich auch gekommen. In der kleinen Wohnung an der Zimmerpforte wollte sie nicht mehr bleiben, sagte sie, nachdem das passiert war . . .«

Ketterle richtete den Oberkörper auf und legte seine Zigarre in den Aschenbecher. Er hatte in diesem Augenblick trotz seiner massigen Erscheinung etwas von einem Jaguar, der seine Beute wittert. Frau Ferch sah ihn verblüfft an.

»Sagten Sie Zimmerpforte?«

»Ja, Zimmerpforte. Da hatte sie eine gemeinsame Wohnung mit ihrer Freundin.«

»Mit Kat Rühl?«

»Ja, ich glaube, so hieß die Freundin. Es ist ja schon ein Jahr her, wissen Sie. Und die Zeit vergeht so schnell.«

Der Kommissar griff nach dem Telefonhörer und wählte. »Fräulein Klings«, sagte er, als das Mädchen sich meldete, »ich brauche sofort die Mordakte Rühl. Und ist Herr Hornschuh schon zurück? Nein? Er soll gleich zu mir kommen, wenn er da ist. Es ist wichtig.«

Er legte auf und erhob sich.

»Was wissen Sie noch über die beiden Mädchen, Frau Ferch? Es ist das erstemal, daß es zwischen zwei der Frauen, um die es sich hier handelt, eine Verbindung gibt, verstehen Sie? Das erstemal, daß in zwei Fällen dieselben Namen, Umstände und Örtlichkeiten auftauchen. Was wissen Sie also noch? Sie müssen sich an alles erinnern, was Fräulein Mellrich Ihnen jemals erzählt hat.«

Der Kommissar stützte sich auf die Armlehne des Sessels und beugte sich zu Frau Ferch hinunter, als wollte er ihr die Worte von den Lippen ablesen.

In diesem Augenblick brachte Fräulein Klings die Akte, und Ketterle richtete sich wieder auf.

»Hat Ihnen Fräulein Mellrich niemals etwas über das Unglück mit ihrer Freundin erzählt?«

»Nein«, antwortete Frau Ferch. »Darüber hat sie geschwiegen wie ein Grab. Nur einmal hat sie gesagt, sie habe Angst, darüber zu sprechen, und das habe ich auch verstanden.«

Ketterle sah Frau Ferch kopfschüttelnd an. Er kannte die unbezähmbare Neugier dieser Art von Frauen. Wenn das, was sie sagte, stimmte, war sie die erste Ausnahme. Er wollte gerade eine weitere Frage stellen, als ihm etwas einfiel. Er zog den Aktenordner zu sich herüber, schlug ihn auf und blätterte darin. Endlich fand er, was er suchte.
»Gerda Mellrich, geboren am 9. August 1942?«
Frau Ferch nickte.
»Vernommen am 22. Dezember vorigen Jahres in Sachen Mordfall Rühl«, fuhr der Kommissar fort. »Sie hat ausgesagt, für zwei Tage verreist gewesen zu sein und von der ganzen Sache nichts zu wissen.«
Frau Ferch zuckte mit den Schultern.
»Aber zu Ihnen hat sie gesagt, sie habe Angst, darüber zu sprechen? Erinnern Sie sich genau daran, Frau Ferch? Ich glaube, es ist wichtiger, als Sie denken, daß Sie sich genau daran erinnern.«
»Ja, das hat sie gesagt, Herr Kommissar. Ich weiß es ganz genau.«
»Können Sie sich denken, warum sie dann nicht zu uns gekommen ist, um uns zu sagen, weshalb sie Angst hatte?« fragte Ketterle gerade, als Hornschuh das Zimmer betrat.
Ketterle setzte ihn mit knappen Worten ins Bild.
»Und die Vernehmung der Mellrich am 22. Dezember vorigen Jahres haben Sie geführt, Hornschuh. Können Sie sich vielleicht noch an etwas erinnern, was nicht im Protokoll steht? Etwa, was Sie sich dachten, als Sie mit ihr sprachen?«
»Sie machte keinen ganz aufrichtigen Eindruck«, sagte Hornschuh. »Aber das ist bei dieser Art von Mädchen ja oft so. Ich konnte ihr nichts nachweisen. Geglaubt habe ich ihr nur die Hälfte. Das weiß ich genau.«
»Erschien sie Ihnen verängstigt, Hornschuh? Denken Sie genau nach.«
Hornschuh zündete sich eine Zigarette an.
»Nein«, antwortete er, nachdem er einige Sekunden überlegt hatte, und stieß den Rauch aus. »Nein, ganz und gar nicht.

Das gehört zu den Dingen, die ich ziemlich genau sagen kann.«
Ketterle sah ihn an. »Warum sie wohl nicht zu uns gekommen ist? Bei uns gab sie an, verreist gewesen zu sein. Das Alibi stimmt. Eine Freundin in Berlin. Sie haben es prüfen lassen, und es wurde bestätigt. Frau Ferch hat sie aber gesagt, sie habe Angst, darüber zu sprechen. Da stimmt doch etwas nicht. Eins von beiden ist gelogen. Die Mellrich weiß, wer der Mörder ist, Hornschuh. Und ich bin auch sicher, daß sie am 14. Dezember vorigen Jahres nicht in Berlin war. Aber wo steckt sie jetzt?«
Frau Ferch blickte von einem zum anderen. Es war ihr sichtlich unangenehm, so plötzlich zur Zentralfigur der Ereignisse geworden zu sein, von denen die Stadt seit nunmehr sechzehn Monaten sprach. Sie sah den Kommissar an, der halb auf dem Rand seines Schreibtischs saß und ununterbrochen seinen Bleistift auf die Platte stieß, einmal mit dem Ende und einmal mit der Spitze. Die linke Hand hatte er in die Tasche geschoben. Eine so saloppe Haltung erlaubte er sich nur, wenn ihn irgend etwas besonders beschäftigte, und Frau Ferch fand, daß es sonderbar aussah.
»Sagen Sie, Frau Ferch«, wandte sich Ketterle wieder ihr zu, »hat Fräulein Mellrich Ihnen gegenüber eine Andeutung gemacht, was sie an diesem Nachmittag vorhatte?«
»Nein, das hat sie nicht. Sie steckte den Kopf durch die Küchentür und sagte ›Auf Wiedersehen, Frau Ferch‹. Genauso, wie sie es immer tat, wenn sie das Haus verließ. Ich wußte nie, wohin sie ging und wann sie wiederkam. Nein, ich habe keine Ahnung.«
Es wäre sonderbar gewesen, wenn er etwas anderes zu hören bekommen hätte, und dennoch hatte sich Ketterle eine Sekunde lang dieser Hoffnung hingegeben.
»Na ja«, sagte er und rutschte endlich von der Schreibtischkante. »Können Sie uns eine Personenbeschreibung von ihr geben? Möglichst genau und mit möglichst vielen Einzelheiten?«

»Das kann ich schon. Aber vielleicht ist es für Sie einfacher, wenn Sie sich nach einer Fotografie richten. Ich weiß ziemlich genau, daß sie Bilder von sich bei ihren Sachen hat.«
»Und warum haben Sie uns die Bilder nicht mitgebracht?« fragte Ketterle.
Frau Ferch wurde verlegen. »Daran habe ich nicht . . . du lieber Gott, ich hätte natürlich auch daran . . .«
»Na, lassen Sie nur«, beruhigte sie der Kommissar. »Die Bilder laufen uns ja nicht weg. Würden Sie bitte Herrn Hornschuh noch sagen, was sie gestern nachmittag anhatte, als sie das Haus verließ?«
Hornschuh legte sich Papier zurecht und suchte nach einem Bleistift.
»Ich habe zufällig darauf geachtet«, berichtete Frau Ferch. »Sie hatte zwei Mäntel, wissen Sie, einen sehr auffälligen, kamelhaarfarbenen, kein echtes Kamelhaar naürlich, aber er sah doch . . .«
»Und welchen davon hatte sie an?« wollte Ketterle wissen.
»Nicht den«, sagte Frau Ferch. »Den anderen hatte sie an, den karierten, große hell- und dunkelgraue Karos, braune, hochhackige Schuhe, ein grünes Satinkleid . . .« Sie überlegte einen Augenblick und sah erstaunt, daß Hornschuh ihre Angaben überhaupt nicht mitschrieb.
». . . und einen weinroten Wollschal«, sagte er statt dessen.
»Ja«, bestätigte Frau Ferch perplex. »Woher wissen Sie das?«
»Telepathie«, antwortete Hornschuh bitter und starrte auf den Kommissar.
»Da muß der Teufel seine Finger drin haben, Hornschuh«, sagte Ketterle, und diesmal war er nicht mehr beherrscht genug, seinen Fluch hinunterzuschlucken. »Verdammt noch mal, jetzt können wir wieder ganz von vorn anfangen.«
Wie es seine Gewohnheit in Augenblicken starker Erregung war, ging er quer durchs Zimmer hinüber zum Fenster. Einige Sekunden lang sah er hinaus und trommelte mit den Fingerknöcheln an die Scheibe. Dann wandte er sich um.
»Frau Ferch«, sagte er, »Sie müssen sich mit dem Gedanken

vertraut machen, daß Fräulein Mellrich nicht mehr in Ihre Wohnung zurückkehren wird.«
Er wartete geduldig, bis sie mit dem Taschentuch ein paar Tränen abgetrocknet hatte.
»Wir können es nicht ändern. Wir kommen anscheinend in dieser verdammten Sache auch nicht einen einzigen Schritt weiter.« Dann, zu Hornschuh gewandt: »Ich bin überzeugt, die Mellrich kannte den Mörder. Und ich bin auch überzeugt, daß sie demselben Täter zum Opfer gefallen ist. Alles andere wäre ein irrsinniger Zufall.«
»Ist sie . . .?« fragte Frau Ferch mit vor Schreck geweiteten Augen. »Ist sie auch . . .? Um Himmels willen, wurde sie denn auch . . .?«
»Vermutlich«, antwortete der Kommissar. »An ihrem Hals sind die gleichen Würgemale wie am Hals von Kat Rühl, Anne Brosczinsky und Senta Wenigmann. Furchtbare Fingerabdrücke, die uns das Scheusal hinterläßt.«
»Also haben Sie sie schon gefunden?« schluchzte Frau Ferch. »Mein Gott, mein Gott, und ich habe ihr immer gesagt . . .«
»Beruhigen Sie sich. Ihnen kann nicht der geringste Vorwurf gemacht werden.«
»Aber ich fürchte mich, mein Gott, glauben Sie . . . ich habe . . .«
»Bis jetzt hat der Mann Frauen jüngeren Alters vorgezogen«, sagte der Kommissar.
»Hätte ich mich nur nicht darauf eingelassen«, stammelte Frau Ferch. »Hätte ich mich nur nicht beschwatzen lassen. Ach, hätte ich die Finger davongelassen . . . Aber . . . aber . . .«
». . . aber es war so verlockend, nicht wahr? Vielleicht finden Sie einen seriösen, berufstätigen Herrn für Ihr Zimmer, Frau Ferch. Wir sind keine Sittenrichter, doch . . .«
Frau Ferch starrte vor sich hin. »Wie recht Sie haben«, sagte sie plötzlich. »Und ich muß zweiundfünfzig werden, um das zu begreifen.«
»Seien Sie froh«, erwiderte Ketterle. »Manche begreifen es

nie. Ist Post für sie gekommen? Ist sie angerufen worden? Hat jemand sie besucht? Etwas abgegeben?«
Frau Ferch schüttelte den Kopf. »Mir ist nichts aufgefallen, Herr Kommissar.«
Doch Kommissar Ketterle achtete gar nicht mehr auf ihre Antwort, sondern dachte ganz offensichtlich an etwas anderes.
»Hornschuh«, sagte er langsam, »die Sache hat ja noch eine andere Seite. Jutta Krieschke . . .«
»Ich denke schon die ganze Zeit daran. Wenn wir heute vormittag Gerda Mellrich aus dem Wasser gezogen haben, dann muß der Kleinen aus der Markmannstraße noch nicht unbedingt etwas zugestoßen sein, wollen Sie sagen, nicht wahr?«
»Natürlich.« Kommissar Ketterle schlug sich mit der flachen Hand vor die Stirn. »Wir haben uns überrumpeln lassen, Hornschuh. Man darf nie mit einer vorgefaßten Meinung an so etwas herangehen. Wie war das heute morgen bei der Identifizierung? Haben die Eltern . . .?«
»Die Mutter«, sagte Hornschuh. »Die Mutter trinkt und hat einen Schuldkomplex. Sie hat sie schließlich als ihre Tochter identifiziert. Sie glaubt, sie hätte sie aus dem Haus und in den Tod getrieben.«
»Hat Dr. Stöckel die Obduktion schon vorgenommen?« fragte Ketterle.
»Er hat sofort angefangen. Und die Meldung habe ich gleich vom Institut aus durchgegeben.«
»Was für eine Meldung, um Gottes willen?«
»Die Durchsage im Rundfunk. Dr. Siebeck hat das angeordnet.« In diesem Augenblick konnte Kommissar Ketterle zum zweitenmal einen Fluch nicht unterdrücken.
»Wann ist sie gelaufen?«
»Um eins. Im Anschluß an die Mittagsnachrichten.«
Beide sahen gleichzeitig auf ihre Armbanduhren. Es war fünf Minuten nach halb drei.
Einen Augenblick lang dachte Kommissar Ketterle nach.

»Schicken Sie Trinkhut oder Gaffke mit Frau Ferch nach Hause. Er soll die Fotografien von der Mellrich mitbringen und ihre gesamten Sachen nach Anhaltspunkten durchsuchen, mit wem sie sich gestern nachmittag getroffen haben könnte. Und dann veranlassen Sie, daß man der Freundin in Berlin noch einmal nachdrücklich auf den Zahn fühlt. Wenn wir genau wissen, daß die Mellrich an dem Tag, an dem die Rühl ermordet wurde, nicht in Berlin war, wissen wir schon eine ganze Menge. Und heute abend soll über den Rundfunk eine zweite Durchsage laufen, mit der Aufforderung an Fräulein Jutta Krieschke, sich bei ihren Eltern oder einer Polizeidienststelle zu melden. Auf Wunsch wird ihre Mitteilung vertraulich behandelt. Das ist im Augenblick alles.«
Es war in der Tat alles, was vernünftigerweise getan werden konnte. Und dennoch hätte Kommissar Gottfried Cäsar Ketterle viel dafür gegeben, um die Durchsage im Rundfunk zurückziehen zu können, wäre ihm im Laufe des Nachmittags klargeworden, daß er damit einen der folgenschwersten Irrtümer seiner Laufbahn beging.

13

Die Mädchen hockten hinter der Bar wie Tauben auf einer Stange. Rosaly erzählte Jutta gerade von dem neuen Plattenspieler, den sie sich heute morgen gekauft hatte, zehnfach zum Wechseln und mit einem eigenen Lautsprecher. So etwas war schon seit langem ihr Traum.
»Den kann man überall mit hinnehmen. Einfach so. Ohne Radio, verstehst du?«
Während sie das sagte, musterte sie die Reihe der Männerköpfe vor dem Tresen, und Lydia strich süffisant mit dem Strohhalm einer als Gin-Fizz getarnten Limonade über ihre Lippen. Eve begann den Trick mit den Zigaretten bei einem Mann, der einen Spitzbart trug und sich als etwas Besonde-

res vorkam. Aber er hatte eine Dreizehnfünfzig-Krawatte an, und die gelassene Art, wie er seine Zigarette abstreifte, verriet einem erfahrenen Mädchen seine Bereitschaft zu einem Abenteuer.
Jutta beobachtete mit steigendem Widerwillen, wie Eve ihre unsichtbaren Fäden auswarf, als eine Schulter an ihre stieß und Schlickchen zwei gefüllte Gläser an ihr vorbeischob. »Du, der ist dir aber treu«, hörte sie Schlickchen kichernd sagen. »Muß Liebe schön sein.«
Unter dem zur Seite gezogenen Vorhang stand Hendrik Maggus, beide Hände in die Manteltaschen geschoben, und starrte zu ihr herüber.
Der Blick, mit dem der Mann aus Accra sie ansah, kam Jutta anders vor als gestern nacht. Aber vielleicht lag das daran, daß er nicht betrunken war. Und vielleicht war es reiner Zufall, daß er die *Kaskade* noch einmal betrat, und er würde gleich angewidert umkehren.
Aber der Mann aus Accra gab seinen blauen Mantel bei der blassen jungen Frau ab. Eine Mütze trug er auch heute nicht, aber einen weiten dunkelblauen Rollkragenpullover. Er drängte sich durch die Leute, die nach einem Platz Ausschau hielten, zur Bar. Doch erst als er einen freien Hocker zu sich heranzog und sich ihr gegenüber hinaufschwang, erlaubte sie sich die Hoffnung, daß er ihretwegen gekommen war.
»Ich war ziemlich betrunken gestern«, sagte er ohne Einleitung.
»Das sind viele hier. Hauptsache, Sie sind gut ins Bett gekommen und haben sich ausgeschlafen.«
»Ausgeschlafen«, stöhnte Maggus. »Wir haben die ganze Nacht und den ganzen Tag gestaut.«
»Ach so. Luzifer«, sagte Jutta und lächelte. »Ich weiß schon.« Sie zögerte ein paar Sekunden. »Wann soll es denn losgehen?« fragte sie dann.
Hendrik Maggus antwortete nicht auf ihre Frage.
»Ich weiß nicht recht ... ich kann mich schwach erinnern,

daß ich mich gestern ganz schön schäbig benommen habe. Ich war ziemlich betrunken, glaube ich.«
Jutta schob ihre Handtasche in das Fach unter der Theke und legte die Unterarme auf die Platte.
»Darf's was sein?« fragte Schlickchen und sah zuerst Maggus und dann Jutta an, die sie gleichzeitig unter dem Tresen freundschaftlich und aufmunternd in die Hüfte knuffte.
»Natürlich«, sagte Maggus.
»Aber keinen Gin, wie?«
»Irgendwas war gestern abend mit Gin, oder?« fragte Maggus Jutta. »Sie haben nicht soviel dafür übrig, stimmt's?« Er lachte.
»Nicht so sehr viel«, antwortete Jutta, während sich Schlickchen einem anderen Gast zuwandte, der bei ihr bestellte. Sie erinnerte sich an die erschreckende Szene, als er ihr das Glas zwischen die Lippen gestoßen hatte.
»Wie wär's mit einem Whisky?« fragte Maggus. »Oder mit Sekt? Mir ist es egal. Ich bin noch nüchtern heute. Und so wie gestern darf es auch nicht werden. Besser nicht betrunken auf der Brücke. Luzifer ist in dieser Hinsicht eigen. Um eins gehen wir raus. Aber ihr müßt ja von Berufs wegen dafür sorgen, daß die Leute trinken. Wie machen wir das?«
»Um eins?« stammelte Jutta. »Das sind ja nur noch ein paar Stunden.«
»Wieso?« Hendrik Maggus starrte das Mädchen an. »Tut Ihnen das etwa leid?«
Da Maggus tatsächlich völlig nüchtern war, wußte er sofort, welches Glück des Zufalls sich ihm soeben anbot.
»Aber es ist ja noch nicht eins«, sagte er aufgeräumt. »Bis dahin können wir ja noch feiern. Bringen Sie Sekt, Madame«, fuhr er zu Schlickchen gewandt fort, die wieder neben Jutta stand und einen Aschenbecher auswischte. »Die Kleine hier nascht gerne, und ich habe was gutzumachen.«
Hendrik Maggus lachte und sah Jutta dabei an.
»Sind Sie deswegen gekommen?« fragte Jutta. Sie war so aufgeregt, daß sie das Verlangen verspürte zu rauchen. Aber

sie hatte keine Zigaretten in ihrer Handtasche. »Rauchen Sie gar nicht?« fügte sie daher hinzu, und Maggus tastete nach seinen Zigaretten.
»Selten. Aber wenn Sie wollen ...?«
»Ich auch selten. Doch manchmal ...« Sie unterbrach sich, während sie die Zigarette aus der Packung zog. »Danke«, sagte sie dann. »Sind Sie nur deswegen gekommen?«
Maggus gab ihr Feuer und zuckte mit den Schultern. »Wo soll ich sonst hingehen? Und außerdem hat es mir gefallen. Es war doch trotzdem ein netter Abend, nicht wahr?«
»Ja«, antwortete Jutta. »Das stimmt. Aber wenn Sie sich nur entschuldigen wollen – Entschuldigungen nützen mir gar nichts. Vielleicht bringen Sie es über sich, nett zu mir zu sein. Das wäre doch ein besserer Einfall.«
Schlickchen brachte drei Gläser Sekt, und Maggus legte lachend die Hand auf Juttas Unterarm.
»Ich will mich nicht nur entschuldigen. Ich will was für Sie ausgeben, verstehen Sie? Auf was trinken wir?«
Er spürte plötzlich den Fehler, den er soeben begangen hatte, wie den Nachgeschmack eines sauren Apfels im Mund. Er schalt sich einen verfluchten Idioten und blickte, als er hochsah, in ein verändertes Gesicht.
»Was haben Sie denn?« fragte er und hielt Jutta das Glas hin.
»Was ausgeben! Glauben Sie, daß das besser ist als das, was Sie gestern abend zu mir gesagt haben?« stammelte Jutta. »Sind Sie wirklich nur deswegen gekommen?«
»Fangt doch nicht schon wieder an, Kinder«, mahnte Schlickchen. »Prost.«
Sie tranken. Es war erst gegen halb neun, aber es war ein Samstag, und deshalb herrschte in der *Kaskade* bereits reger Betrieb. Klapprodt tauchte im Hinterzimmer auf. Er rechnete heute mit einem Umsatz von drei- bis viertausend. Hüttemeister dagegen mischte sich mitten unter die Leute. Manchmal beugte er sich zu jemandem hinunter, den er kannte, manchmal nickte er in eine Nische, in der Fremde saßen. Er machte, seit Klapprodt sich mehr und mehr in sein

Büro verkroch, für ihn die notwendigen Honneurs. Als er an die Bar kam, legte er Jutta seine weiße, überraschend kräftige Hand auf die Schulter.
»Na, Kleine«, sagte er jovial und nickte Hendrik Maggus zu. »Amüsieren Sie sich gut mit ihr. Sie tanzt, sage ich Ihnen . . .« Er spitzte den Mund und schnalzte dazu mit der Zunge. Dann sah er Maggus genauer an. »Waren Sie nicht gestern auch schon . . .?«
Er blickte fragend zu Jutta und zog sich dann einen der hochbeinigen Hocker heran. Seine lange Gestalt wurde etwas kleiner, als er sich hinaufschob.
»Dreimal Whisky, Schlickchen«, sagte er. »Ein Gast, den wir nicht so geneppt haben, daß er noch mal kommt, das muß gefeiert werden. Fahren Sie auch vorm Mast, Mister? Müßte mich doch sehr täuschen, oder?«
»Was ist denn das für einer?« fragte Maggus Jutta, ohne Hüttemeister zu antworten.
»Der macht hier alles.«
Jutta ließ ihre Hand vage kreisen, und Maggus nickte.
»Wieso ›auch vorm Mast‹?« fragte er Hüttemeister dann.
»Na, Sie schauen so aus«, antwortete Hüttemeister und griff nach einem der drei Whiskygläser, die Schlickchen über die Theke schob. »Na, dann Cheerio.«
Er hob das Glas und legte wie zufällig seine Hand auf Juttas Unterarm. Hendrik Maggus bemerkte, daß sie den Arm zuerst wegziehen wollte, es aber dann doch nicht wagte. Er ließ sein Glas stehen.
»Warum tun Sie es nicht?« fragte er Jutta.
»Was?« fragte Jutta zurück.
»Sie wissen schon«, sagte Maggus und sah jetzt Hüttemeister ins Gesicht. Hüttemeister nahm die Hand von Juttas Arm und schwenkte sein Glas.
»Cheerio, Mister«, wiederholte er.
Aber Maggus griff nicht nach seinem Whisky.
»Scheren Sie sich zum Teufel, Mann«, sagte er ruhig. »Sehen Sie nicht, daß sie mit mir allein sein will?«

Hüttemeister hielt das Glas noch immer erhoben.
»Bin ich Gast oder Sie? Zahlen Sie oder ich?«
Einen Moment lang bekamen Hüttemeisters Augen einen feindseligen und streitsüchtigen Ausdruck. Aber dann lenkte er ein. »Na schön«, meinte er und rutschte vom Hocker. »Wenn Sie unbedingt wollen.« Er stellte das Glas zurück auf die Theke und lächelte. »Für dich, Schlickchen«, sagte er und schob es zu ihr hinüber. Als Hüttemeister ihr den Rücken zuwandte, verzog sie spöttisch den Mund.
»Besten Dank«, erwiderte sie und goß den Inhalt weg.
»Das ist vielleicht einer«, sagte Jutta. »Der hat mich gestern auf mein Zimmer gebracht, als mir so schlecht war. Ich konnte gerade noch schreien.«
Hendrik Maggus sah Hüttemeister nach. »Die können es nur so, weil sie weiter nichts haben, was ein Mädchen interessiert.« Er überlegte eine Weile, dann fragte er sie: »Haben Sie schon einmal ein Schiff von innen gesehen?«
Jutta schüttelte den Kopf. »Nein. Noch nicht. Warum?«
»Ich meine nur so. Ich könnte Ihnen mein Schiff zeigen«, sagte Maggus und spielte mit seinem gefüllten Whiskyglas.
»Das wär toll, aber ich kann jetzt nicht weg«, erwiderte Jutta. »Ich bin ja schließlich hier angestellt.«
»Pah«, sagte Maggus. »Wollen Sie hier vielleicht lange bleiben? Da wüßte ich was Besseres für Sie.«
»Wie meinen Sie das?« fragte Jutta.
»Nur so«, antwortete Maggus. »Aber Sie haben ja keinen Mut.«
»Wie können Sie das sagen? Schließlich bin ich von zu Hause fortgegangen.«
Hendrik Maggus lächelte. »Aber immer schön an Mutters Rockzipfel. Gerade von Rothenburgsort bis nach St. Pauli. Weiter reicht es nicht. Frauen, die die Welt erobern wollen, haben immer Nägel mit Köpfen gemacht. Hier greift Sie doch die nächste Polizeistreife auf, wenn Ihre Eltern Sie als vermißt melden. Aber mir kann es ja schließlich egal sein.«

Jutta rückte etwas näher an Maggus heran, der befriedigt bemerkte, wie ihre Augen glänzten.
»Wie meinen Sie das alles?«
Maggus hob die Schultern. »Wir fahren von Bremen aus direkt nach Casablanca«, sagte er. »Was glauben Sie, was es dort für Chancen für ein Mädchen wie Sie gibt, wenn es weiß, was es will.«
»Wirklich?«
»Natürlich. Europäerinnen sind zwar nicht gerade Mangelware, aber wenn sie nicht zimperlich und unternehmungslustig sind und arbeiten wollen, sind sie überall gefragt. Sie wissen doch, was Sie wollen, oder?«
Jutta kaute nachdenklich an ihrem Strohhalm. Dann knickte sie ihn zwischen den Fingern ab und begann damit zu spielen.
»Da muß man aber mehr können, als ich kann«, meinte sie. »Abschlüsse, Ausbildung und so.«
Maggus lachte. »Damit ist es einfach. Damit kann es jeder und überall. Aber Sie, Sie wollen doch hochkommen, etwas werden? Oder wollen Sie vielleicht in so einem Tingeltangel bleiben? Sie können doch nicht immer sagen: ›Das schaffe ich nie‹. Sie wollen es doch schaffen. Oder täusche ich mich da?«
Jutta schüttelte den Kopf.
»Na, sehen Sie. Und glauben Sie, eine Gelegenheit, umsonst nach Casablanca zu reisen, haben Sie jeden Tag?«
»Was meinen Sie, was ich dort machen könnte?«
Maggus lachte wieder. »Du lieber Gott«, sagte er. »Sie können sich anstellen lassen, wo Sie möchten. Von der Fluggesellschaft bis zur Exportagentur. Reiche Moslems oder Franzosen suchen immer tüchtige Deutsche. Für ihr Haus, für ihre Kinder, für ihr Geschäft. Und das, was Sie hier gefunden haben, finden Sie dort auf jeden Fall. Sie können sich auch selbständig machen. Vom Zeitungskiosk bis zur Imbißstube. Es gibt doch tausend Möglichkeiten.«
»Dazu braucht man aber Geld. Und ich habe keines.«

Maggus beugte sich zu ihr hinüber. »Glauben Sie, ich will Sie zu den Menschenfressern locken und dann sitzenlassen?«
Jutta lachte. »Nein«, sagte sie, »das glaube ich nicht.«
»Na also. Ich stelle Sie schon auf die Beine. Ich helfe Ihnen schon weiter. Ich kenne viele Leute. Und wenn ich noch ein, zwei Jahre auf dem Kahn bleibe, dann habe ich so viel Geld, daß wir es vielleicht zusammen versuchen können. Ich denke schon lange an eine Würstchenbude mit Bier. Da sind die Leute dort verrückt danach, sage ich Ihnen.«
»Sie würden es mit mir versuchen?«
»Natürlich.«
»Warum wollen Sie das alles für mich tun?« fragte Jutta und spülte ihr kleines bißchen Mißtrauen und Furcht mit dieser Frage hinunter.
»Vielleicht habe ich etwas für Sie übrig«, antwortete Maggus und empfand Unbehagen, als er plötzlich ihre Hand auf seiner spürte. »Können Sie Englisch?«
»Ein bißchen. Ich habe einen Abendkurs besucht. Aber es ist lange her.«
»Das macht nichts. Das haben Sie bald. Ein bißchen Englisch, ein bißchen Französisch, und Deutsch sprechen Sie ohnehin. Mehr brauchen Sie nicht.« Er machte eine kleine Pause. »Sie können es sich ja überlegen«, sagte er dann. »Wir laufen zuerst noch Bremen an. Wenn Sie keine Courage haben, können Sie in Bremen immer noch runter vom Schiff.«
»Wann fahren Sie denn von Bremen ab?« fragte Jutta.
»Übermorgen früh. Warum?«
»Könnte ich nicht morgen nach Bremen fahren und dort zu Ihnen an Bord kommen?«
»Nein«, sagte Maggus und machte sich heftige Vorwürfe wegen dieser Torheit. »Nein, das können Sie nicht. Innerhalb der nächsten zwei Stunden kann ich Sie unbemerkt aufs Schiff bringen. Ob das in Bremen gehen wird, weiß ich nicht. Sie müssen sich schon jetzt entschließen.«

Er sah sie an und nahm einen kräftigen Schluck. Als er sein Glas abstellte, merkte er, daß sie ihres immer noch erhoben hatte und darauf wartete, daß er mit ihr anstieß.
»Auf Casablanca«, würde sie jetzt wahrscheinlich sagen, so wie sie gestern »Auf Alexandria« gesagt hatte. Diese Kinder waren eben nicht anders.
»Na schön, dann auf Casablanca und auf Ihre glückliche Zukunft.«
Sie tranken. Während Maggus den Inhalt seines Glases unbeherrscht hinunterstürzte, fiel ihm etwas außerordentlich Wichtiges ein. »Wem haben Sie eigentlich noch Ihre Geschichte erzählt?«
»Welche Geschichte meinen Sie?«
»Na, Ihre Geschichte. Das, was Sie mir gestern erzählt haben. Wo Sie herkommen und so . . .«
»Darüber habe ich nur mit Herrn Klapprodt gesprochen. Sonst mit niemandem. Und es hat ihn nicht einmal interessiert. Laß die Märchen, hat er zu mir gesagt. Können Sie das verstehen?«
»Weil es selten eine gibt, die so dumm ist, die Wahrheit über sich zu erzählen. Das müssen Sie sich noch abgewöhnen. Sonst kennt sie niemand? Nur Klapprodt?«
»Was?«
»Die Wahrheit.«
»Ja, nur Klapprodt«, sagte sie glücklich.
Hendrik Maggus nickte und dachte nach. Es fiel ihm schwer, denn er war benommen. Er konnte es noch kaum glauben, daß das alles so glücklich lief. Irgendwo mußte es doch einen Haken geben. Irgend etwas, woran er nicht gedacht hatte. Aber es fiel ihm nichts ein. Er verspürte das Verlangen nach klarer, frischer Luft.
»Sie müssen sich rasch entschließen und dürfen keine Bedenken haben«, sagte er, während er vom Hocker rutschte. »Überlegen Sie es sich, bis ich zurückkomme.«
Aber er wußte genau, daß Jutta Krieschke sich schon entschieden hatte. Und er wußte jetzt auch, daß das Mädchen

noch nichts von der Verwechslung ahnte, die ihn retten würde. Wenn er Glück hatte, nur ein ganz kleines bißchen Glück . . .
Er schob den Vorhang zum Korridor zurück, der nach hinten zum Hof, zu den Toiletten und zu Klapprodts Büro führte. Es war sehr dunkel, und Maggus mußte sich vorwärts tasten.
Durch eine geschlossene Tür hindurch hörte er Stimmen. Es schienen ein Mann und eine Frau zu sein, die sich heftig stritten. Und der Gegenstand ihres Streits ließ Hendrik Maggus das Blut in den Adern stocken. Im Dunkeln blieb er stehen. Die Stimmen übertönten sogar die dumpfen Rhythmen der Tanzmusik.
»Ich hab es langsam satt mit dir«, schrie der Mann, den Maggus für Klapprodt hielt. »Du mischst dich in jeden Dreck ein. Meinst du, ich lasse mir die Polizei auf den Hals hetzen? Wegen Begünstigung oder Verdunkelung oder so was? Schon seitdem ich heute mittag die Durchsage gehört habe, weiß ich Bescheid. Das Mädchen, das sie für tot halten, ist hier. Und wenn sie es herausbekommen, drehen sie mir einen Strick . . .«
»Du brauchst ja nichts gehört zu haben«, schrie die Frau. »Du Waschlappen mit deinen ewigen Bedenken. Sie braucht auch nichts davon zu erfahren. Auf diese Weise kriegst du nie ein Mädchen aufs Boot . . .«
»Ich laß mich durch dich von gar nichts abhalten«, hörte Maggus wieder die Stimme Klapprodts. »Wegen dieser Sache mach ich mir die Finger nicht dreckig. Ich brauch saubere für größere Objekte. Wenn man ihnen einen Gefallen erweisen kann, ohne daß es etwas kostet, soll man es tun. Aber das verstehst du nicht, du dämliches Stück . . .«
Schritte näherten sich. Maggus wich nach hinten zu der Tür zurück, die zum Hof führte. Er sah, wie ein Mann auf die Toilette ging. Aber er hatte genug gehört.
Er öffnete die Tür und taumelte hinaus. Feiner Regen rann in seinen Kragen, als er sekundenlang die Stirn gegen die Mauer preßte. Dann blickte er hoch.

Über sich sah er die Wand des Hauses, oben die Dachrinnen. Darüber war ein wolkiger Himmel.
Hendrik Maggus tastete wieder nach dem Griff der Tür. Die gedämpfte Musik flutete ihm im Korridor entgegen. Das Gelächter im Lokal war schon durchmischt mit Grölen. Die beiden in Klapprodts Büro hatten sich beruhigt. Maggus hörte nur das ruckartige Scharren eines Stuhls. Dann knisterte Papier.
Vielleicht war die Frau gegangen.
Zunächst war es nur ein dumpfer Impuls, der Hendrik Maggus geräuschlos die Tür öffnen ließ, aber dann trieb ihn die glasklare Erkenntnis, daß alles verloren war, wenn Klapprodt wegen des Mädchens die Polizei anrief.

14

Kommissar Ketterle liebte den Anblick der Stadt bei Einbruch der Nacht. Es war eines der wenigen Dinge, die ihn mit dem großen, klotzigen und seelenlosen Neubau der Polizeidirektion versöhnten, wenn er hinter der überdimensionalen Scheibe seines Spiegelglasfensters stand und nach Westen sah.
Sein Blick schweifte dann über die Straßenzüge am Klostertor und die bräunlichen Nervenstränge der verzweigten Bahnanlagen bis hinüber zum Gewirr der Hafenbecken, die von den gigantischen Klammern der Elbbrücken zusammengehalten wurden. Dahinter kamen die Häuserzeilen von Veddel und Wilhelmsburg und jenseits davon der flach hingestreckte Dunst nahezu endloser Marschen.
Manchmal waren es grandios aufflammende Sonnenuntergänge, denen er zusah, aber heute zeigte der wolkige Horizont im Westen keinerlei Konturen.
Ketterle hatte Fräulein Klings nach Hause geschickt und Hornschuh gebeten, im Präsidium zu bleiben, bis sich her-

ausstellen würde, ob Jutta Krieschke die Durchsage im Rundfunk gehört hatte und beabsichtigte, darauf zu reagieren.
Gaffke hatte von Frau Ferch die Fotografien der vermißten Gerda Mellrich mitgebracht. Es waren zwar keine ganz neuen Bilder, und Mädchen aus diesem Milieu verändern Haarfarbe und Frisur häufiger als andere, aber dennoch waren Hornschuh und Ketterle zu einer doppelten Überzeugung gelangt. Zum einen, daß die Ähnlichkeit der beiden Mädchen so verblüffend war, daß die Eltern und sie selbst sich hatten täuschen lassen, zum anderen, daß bei intensiver Betrachtung wohl kaum ein Zweifel bestand, daß es sich bei der Toten nicht um Jutta Krieschke, sondern um Gerda Mellrich handelte.
»Wir haben uns durch die Nähe der Fundstelle bei der Wohnung der Krieschkes, durch die Wedekamp-Etiketten und schließlich durch die Ähnlichkeit der beiden Mädchen täuschen lassen«, sagte der Kommissar. »Und der Schuldkomplex der Mutter hat dem allen die Krone aufgesetzt. Wer konnte schon damit rechnen, daß die Mellrich ihre Kleider ausgerechnet bei Wedekamp kauft?«
Ketterle gab freimütig zu, daß sie der seit sechzehn Monaten herrschenden Psychose zum Opfer gefallen waren und daß sie nicht exakt gearbeitet hatten. Aber selbst Kriminaldirektor Dr. Siebeck hatte keine Vorwürfe ausgesprochen, so stark hatte der äußere Anschein die ursprüngliche Version gestützt.
»Folgen wird der Irrtum wohl keine haben«, hatte Hornschuh versucht, sein Gewissen zu beruhigen.
»Das werden wir sehen«, hatte Ketterle gemurmelt. »Ich muß Ihnen gestehen, daß ich erst dann beruhigt bin, wenn sich das Mädchen gemeldet hat. Wer sagt uns denn, daß wir die Kleine nicht morgen oder übermorgen an irgendeinem Bahndamm oder auf einem Trümmergrundstück finden, auf dieselbe Weise ums Leben gebracht wie vor ihr schon vier andere? Ich wäre Ihnen dankbar, wenn Sie im Präsidium

blieben, bis wir ein Lebenszeichen von ihr haben, Hornschuh.«
Dann hatten sie gewartet. Sie hatten zugeschaut, wie die Wolkendecke unter der hereinbrechenden Nacht dunkler und dunkler geworden war, sie hatten das mächtige Haus langsam aussterben hören, hatten gesehen, wie die Straßenbeleuchtungen aufflammten, und die Qualmwolken beobachtet, die von den letzten Dampflokomotiven im Rangierverkehr durch die Lichtkreise der Bogenlampen gestoßen wurden.
Schließlich hatten sie das Rundfunkgerät eingeschaltet, um sich die von Ketterle entworfene Durchsage anzuhören. Und seitdem schwiegen sie.
Sie hatten eine geheime, durch nichts gerechtfertigte Hoffnung, daß Jutta Krieschke nicht zu den Opfern der Mordserie gehören möge, daß Kommissar Ketterle nicht morgen früh seinen Chef anrufen müsse, um ihm lakonisch mitzuteilen: Nummer fünf – so leid es mir tut.
Sie fuhren zusammen, als wenige Minuten vor neun das Telefon auf dem Schreibtisch des Kommissars die Stille zerriß.
»Kriminalpolizei Hamburg, Kommissar Ketterle«, meldete sich Ketterle, stehend, eine Hand auf die Schreibtischkante gestützt, und lauschte.
Eine Weile vernahm er gar nichts. Schließlich räusperte sich jemand. Dann hörte er eine Männerstimme.
»Klapprodt hier. Sie haben doch heute abend ...«
Der Kommissar wartete. »Hallo«, rief er schließlich. »Was wollen Sie? So reden Sie doch.«
Aus der Muschel kam kein weiteres Wort, obwohl Ketterle in sinnloser Erregung den Hörer hin und her schüttelte.
»Er muß wieder aufgelegt haben, Hornschuh«, sagte der Kommissar heiser. »Zu blöd so was.« Dann wählte er die Nummer der Vermittlung. »Was ist mit dem Gespräch, das Sie eben heraufgegeben haben?« fragte er das Mädchen.
»Der Teilnehmer hat die Verbindung selbst unterbrochen.«

»Können Sie mir Wort für Wort wiederholen, was der Mann zu Ihnen sagte?«
»›Ich möchte jemanden von der Kriminalpolizei sprechen‹, sagte der Mann, als ich mich meldete. ›Welches Dezernat?‹ fragte ich. ›Wahrscheinlich wird jetzt niemand mehr im Präsidium sein.‹ Er meinte, das könne er sich nach der Durchsage im Rundfunk heute abend nicht vorstellen. Ich . . .«
Erstaunt merkte das Mädchen, daß Kommissar Ketterle aufgelegt hatte, und zuckte mit den Schultern. Der Alte war wegen seiner Schrulligkeit im ganzen Haus bekannt.
»Es geht um die Krieschke«, sagte oben der Kommissar zu Hornschuh. »Wir haben nicht umsonst gewartet. Schnell das Telefonbuch.«
Er blätterte bis zu »Kl«. Sein Finger fuhr die Spalte nach unten. Klapitka, Klapka, Klapp, Klappich, Klapprodt . . .
»Hier, Hornschuh. Es gibt nur diesen einen. Hamburg-Bahrenfeld, Bertramstraße 14. Beruf ist keiner angegeben.« Er wählte die Nummer und hörte das Läuten in der Muschel. »Freizeichen! Er hat wirklich aufgelegt.«
Geduldig ließ der Kommissar es mindestens zwanzigmal klingeln. Dann legte er den Hörer resigniert auf die Gabel.
»Es meldet sich keiner«, sagte er. »Was machen wir jetzt?«
»Hinfahren«, antwortete Hornschuh lakonisch. »Was anderes bleibt uns nicht übrig. Ich habe meinen Wagen unten. Jetzt einen Fahrer herauszutrommeln, dauert zu lange, und allein sind wir unabhängiger.«
Er sah auf die Uhr. Es war zehn nach neun. Eine kostbare Viertelstunde hatten sie schon verschwendet. Eine weitere halbe Stunde würden sie für die Fahrt nach Bahrenfeld verschwenden, und wer weiß, wie viele andere Viertelstunden, bis sie herausgefunden hatten, wer Klapprodt war und wo er sich befand.
Sie verließen das Haus so eilig, daß Ketterle sogar vergaß, sein Zimmer abzuschließen. Im Aufzug kamen die Türen der anderen Stockwerke viel zu langsam an ihnen vorbei. Hornschuh hatte seinen Wagen um zwei Ecken herum ge-

parkt. Sie atmeten auf, als sie endlich darin saßen und die Türen zuschlugen.
Sie nahmen die Große Allee, passierten das rußige Ungetüm des Hauptbahnhofs und später die Neue Lombardsbrücke. Heute hatten sie kein Auge für die noble hansestädtische Silhouette, die sich von dort aus bot, und Hornschuh überschritt auf der Fahrt nach Bahrenfeld mehrfach die erlaubte Höchstgeschwindigkeit. In Bahrenfeld mußte er zweimal wenden, bis er endlich die Bertramstraße gefunden hatte und vor dem Haus Nummer 14 anhielt.
Es war eine verschwiegene kleine Straße, und hinter dem frisch gestrichenen Eisengitter sah man einen etwas verwilderten Garten, in dem ein hübsches Haus stand, das wohl in den dreißiger Jahren erbaut worden war. Aber in diesem Haus brannte nirgends Licht. Sie läuteten mehrmals am Gartentor und hörten die Glocke im Innern des Hauses anschlagen. Aber wie sie erwartet hatten, ertönte kein elektrischer Türöffner, und auch die gerippte Muschel der Sprechanlage blieb stumm. Ketterle hielt seine Armbanduhr in den Lichtkreis einer Straßenlaterne.
»Kurz nach halb zehn. Wenn wir davon ausgehen, daß Klapprodt von hier aus angerufen hat, bleibt uns nichts anderes übrig, als uns das Haus von innen anzusehen. Zählen wir an den Knöpfen ab, ob wir uns reinschleichen oder jemanden fragen.«
Schließlich entschieden sie sich dafür, hineinzugehen. Hornschuh kletterte an einer günstigen Stelle über das eiserne Gitter und öffnete Ketterle von innen das Einfahrtstor. Behutsam schlichen sie um das Haus, immer auf das plötzliche Bellen eines Hundes gefaßt. Aber es gab keinen Hund. Dafür gab es an der Rückseite des Hauses ein angelehntes Fenster. Hornschuh stieß es auf, stieg mit Mühe hinein und befand sich in einer Art Waschküche. Die Tür, die von hier aus in das Innere des Hauses führte, war versperrt. Hornschuh entschloß sich, mit einem schweren, hölzernen Schemel nachzuhelfen. Dröhnend hallten seine Schläge durch

das stille Haus, bis die Tür endlich aus ihrem Schloß barst. Er gelangte durch einen Flur in den großen Wohnraum, wo er dem Kommissar die Terrassentür öffnete.
Sie schalteten die Lichter ein und durchsuchten das Haus. Erleichtert stellten sie fest, daß sie nirgendwo, wie sie befürchtet hatten, den vom plötzlichen Herzschlag getroffenen Klapprodt liegen sahen.
Ketterle schüttelte den Kopf. »Haben Sie eine Idee, welche Beziehung der Besitzer eines solchen Hauses zu Jutta Krieschke haben könnte?« fragte er und betrachtete die Fotografie einer hübschen dunkelhaarigen Frau mit einer Frisur, wie man sie in den vierziger Jahren trug.
»Aber sicher«, antwortete Hornschuh, der Klapprodts Schreibtisch untersuchte. »Hier ist auch die Lösung des Rätsels, wo sich Klapprodt um diese Zeit aufhält.« Er reichte Ketterle einen Stoß Papier.
Dieser sah ihn sich an. Es waren einfach gefaltete Reklamezettel, wie manche Animierlokale sie hinter die Scheibenwischer parkender Autos stecken lassen.
Bar Kaskade stand darauf und darunter in kleineren Buchstaben das, was sie wissen wollten: »Inhaber: Hannes Klapprodt«.
Der Kommissar pfiff in einer für ihn typischen Weise durch die Zähne. »Wer denkt denn auch an so was. Kommen Sie, Hornschuh, wir haben keine Zeit zu verlieren. Er hat natürlich von der Bar aus angerufen. Und ich will wissen, was er uns zu sagen hatte, und vor allem, warum er es nicht getan hat.«
Als sie das Haus auf dem Weg verließen, auf dem sie hereingekommen waren, war es Viertel nach zehn.

15

Der Verkehr hatte nachgelassen, und sie gelangten verhältnismäßig rasch zur Reeperbahn. Hornschuh befestigte seinen Polizeiausweis innen an der Windschutzscheibe und parkte den Wagen auf einem Taxistandplatz. Dann stiegen sie aus und bogen nach wenigen Minuten in die lichtdurchflutete Große Freiheit ein.

Vor Jahren hatte der Kommissar jedes einzelne der zahllosen großen und kleinen Etablissements gekannt. Manche von ihnen gab es noch heute, aber manche waren auch neu oder hatten andere, attraktivere Namen bekommen. Bei fast allen hatten die Besitzer in der Zwischenzeit mehrfach gewechselt.

Der Name Klapprodt war Ketterle deshalb kein Begriff. Wäre er es gewesen, hätten sie eine wertvolle Stunde gespart.

Trotz der verschwenderischen Fülle von Licht fiel es ihnen nicht schwer, die *Kaskade* rasch zu finden, denn der weiße Lichtbogen über ihrem Eingang, der in rhythmischen Abständen rieselnd aus einem Sektkelch zu fluten begann, war nicht zu übersehen.

»Wollen die Herren mal bei uns reinschauen«, krächzte Glowienka. »Netter Laden hier. Sie können auch . . .«

»Schon gut«, sagte der Kommissar und schob ihn zur Seite. »Wir sind nicht gerade neu hier.«

Kurz danach standen die beiden Beamten vor dem Garderobenbrett, über welches eine junge Frau Stöße von Mänteln nach hinten zog.

»Wir hätten gerne Herrn Klapprodt gesprochen«, rief Ketterle zwischen den Köpfen der Wartenden hindurch, als die Frau einen Moment lang zu ihnen herübersah.

»Ich kann jetzt gerade nicht weg«, sagte sie, »aber dort ist Herr Hüttemeister.«

Sie deutete mit der freien Hand am Kopf des Kommissars vorbei. Die Beamten wandten sich gleichzeitig um.

»In welcher Angelegenheit, die Herren?« fragte Hüttemeister. »Herr Klapprodt macht um diese Zeit seine Abrechnungen und wird nicht gerne gestört.«
»Privat«, erklärte der Kommissar. »Rein privat. Aber wir kommen für Herrn Klapprodt nicht gerade unerwartet.«
Ein paar Sekunden lang schwiegen alle drei. Dann drehte Hüttemeister sich um.
»Kommen Sie«, sagte er und verschwand durch die Portiere in den Flur, der zu Klapprodts Büro führte.
Vor der Tür hielt er an und klopfte. Dann öffnete er sie. Ketterle und Hornschuh wollten ihm folgen, prallten aber auf Hüttemeisters Rücken, der die Klinke in der Hand behalten hatte und regungslos ins Zimmer starrte.
Klapprodt lag, die Arme ausgebreitet, der Kopf auf der Seite, mit dem Oberkörper quer über seinem Schreibtisch. Seine regungslosen, weit aufgerissenen Augen schienen die Männer direkt anzuschauen. In der linken Hand hielt er einen massiven Marmorbriefbeschwerer. Die rechte war von der Tischplatte geglitten und hatte offenbar im Todeskampf einen Stoß Blätter mitgerissen, die auf dem Fußboden umherlagen.
Das erste, was Ketterle auffiel, war, daß der Hörer des Telefons sich ordnungsgemäß auf der Gabel befand. Dort hatte ihn die Hand des Mörders zurückgelegt.
In Hüttemeister kam Bewegung.
»Um Himmels willen, Mann, lassen Sie das!« schrie der Kommissar. Aber Hüttemeister hatte den Hörer bereits abgehoben und wählte die Nummer 110.
Er starrte Ketterle blöd an und wich zurück, als dieser mit einem Taschentuch in der Hand zum Schreibtisch stürzte und ihm den Hörer entriß.
»Jetzt haben wir Ihre Fingerabdrücke auf dem Hörer anstatt die des Kerls, der das hier getan hat«, keuchte Ketterle. Er sah, daß Hüttemeisters Augenlider flatterten. »Sie brauchen keine Angst zu haben. Kriminalpolizei.«
Ketterle holte seine Marke aus der Manteltasche und hielt

sie Hüttemeister hin. Der atmete hörbar auf und ließ die Hände sinken, die er abwehrend hochgehoben hatte. »Wie kommen Sie denn hierher?« fragte er konsterniert.
»Das ist reiner Zufall«, sagte der Kommissar und sah sich im Zimmer um. »Sind Sie der Geschäftsführer hier?«
»So ungefähr, ja.«
»Ich möchte Sie bitten, für die nächste Stunde hier in diesem Zimmer zu bleiben und nichts zu verändern. Mein Kollege wird sich mit Ihnen unterhalten. Wo ist hier das nächste Telefon?«
»Draußen an der Bar.«
Hornschuh hatte eine karierte Wolldecke, die auf Klapprodts Couch lag, über den Leichnam gebreitet.
Ketterle verließ das Zimmer, ging durch den Flur und betrat die Bar. Schriller Jazz schlug ihm entgegen. Paare tanzten in dem ständig die Farbe wechselnden, kitschigen Licht. Er bahnte sich einen Weg zur Theke.
»Kann ich hier mal telefonieren?« fragte er Schlickchen. »Herr Hüttemeister schickt mich. Der Apparat in Herrn Klapprodts Zimmer hat eine Störung.«
Schlickchen hatte einen sicheren Blick und erkannte in dem Mann sofort den Polizeibeamten. Nur hätte sie nicht sagen können, ob er zur Sitte, zur Feuerschutzbehörde, zum Jugendschutz oder zur Kriminalpolizei gehörte. Aber ihre Zweifel wurden beseitigt, als Harry Schultes auf Ketterle zusteuerte und ihm auf die Schulter schlug.
»Hallo, alter Schwede. Das ist aber nett, daß die Kripo sich mal nach St. Pauli verirrt. Es war . . .«
»Kannst du einen Moment mit ihr reden«, unterbrach ihn Ketterle leise und deutete mit dem Kinn auf Schlickchen. »Ich möchte nicht, daß sie zuhört.«
Harry Schultes begriff sofort, daß irgend etwas Außergewöhnliches geschehen war und daß es Ketterle darauf ankam, daß der Betrieb zunächst ungestört weiterlief und nichts Auffälliges passierte. Er zog Schlickchen geschickt in das gewünschte Gespräch, während Ketterle wählte.

Es meldete sich die Davidswache. Ketterle nannte seinen Namen. »Ich bin hier in der *Kaskade.* Wie viele Beamte haben Sie im Augenblick zur Verfügung?«
»Mit der Einsatzwache zwölf«, sagte der Mann. »Ist irgend etwas los?«
»Ja. Schicken Sie einen Teil hinten durch die Höfe, einen anderen Teil vorne zum Eingang, und das Ganze bitte unauffällig.«
»In Ordnung, Herr Kommissar.«
»Die Männer im Hof sollen nichts weiter tun als den Hinterausgang und die Fenster der Rückfront im Auge behalten. Die vorne sollen warten, bis meine eigenen Leute hier sind. Ich lasse dann die Leuchtreklame über der Tür ausgehen. Sie müssen auf Abruf stehen und warten, bis ich sie brauche. Ich hoffe es nicht, aber es könnte sein.«
»Verstanden.«
Als nächstes wählte Ketterle das Präsidium. »KBD«, verlangte er.
»Kriminalbereitschaftsdienst«, meldete sich Noell, der heute Einsatzwache hatte.
»Wie viele sind da, Noell?«
»Mit mir sieben.«
»Alle bis auf einen auf dem schnellsten Weg zur Bar *Kaskade* an der Freiheit. Sie kommen rein wie Gäste, verteilen sich im Raum und warten auf mein Zeichen. Dann wird jeder einzelne Gast hier kontrolliert, und seine Personalien werden aufgenommen. Stecken Sie die Leute in ein paar Funkwagen, und fahren Sie mit Blaulicht und Sirene. In ein paar Minuten kann es hier zu spät sein. Wenn es nicht schon zu spät ist. Aber wir müssen alles versuchen. Und sagen Sie Röppke, er soll mit seinem ›Sarg‹ kommen. Er soll ihn irgendwo abstellen und warten, bis ich ihn rufen lasse, klar?«
»Klar, Herr Ketterle«, sagte Noell.
Als der Kommissar auflegte, fiel sein Blick wieder auf Harry Schultes.
»Entschuldigen Sie«, unterbrach er Schlickchen, und Schul-

tes wandte sich ihm zu. »Gibt es hier einen verschließbaren Raum, Harry?«
»Ja. Den Geräte- und Materialraum. Da hinten.«
Harry Schultes zeigte in die Richtung des Hinterausgangs.
»Man hat den Chef hier umgelegt«, sagte Ketterle leise. »Stell dich an den Eingang und komplimentiere jeden, der hinaus will, höflich, aber bestimmt in den Abstellraum. Und dem Portier sagst du, die Bar sei für heute abend geschlossen. Der kennt dich doch, oder?«
»Natürlich«, antwortete Harry Schultes. »Ich krieche doch seit zweiundzwanzig Jahren hier herum.«
»Also, dann los.«
Die Augen des alten Polizisten leuchteten. Er zog seine doppelt geschliffene Brille aus der Brusttasche, setzte sie auf und schob sich durch die noch immer ahnungslosen Leute zum Vordereingang.
Ketterle drehte sich wieder um, als das Telefon auf der Theke läutete. Schlickchen wollte den Hörer abnehmen.
»Lassen Sie nur«, sagte der Kommissar. »Ich mache das schon. Es ist sowieso für mich.«
»Roulade mit Kohl«, hörte er jemanden sagen.
»Wissen wir schon«, erwiderte Ketterle. »Groß oder klein?«
»Klein«, antwortete der Mann. »Sie sind bereits hinten am *Tivoli.* Aber sie gehen durch.«
»Danke«, sagte der Kommissar. »Wir werden uns vorsehen.«
Dann schmunzelte er. Diese Kniffe der trotz aller Konkurrenz verschworenen Kneipenwirte kannte er noch von früher. Aber damit waren sie heute buchstäblich an den Falschen geraten.
Er legte auf und ging wieder nach hinten in Klapprodts Zimmer, wo Hüttemeister auf dem Sofa saß und vor sich hin starrte. Ketterle bedeutete Hornschuh, sich jetzt vorne mit Schlickchen zu beschäftigen, damit kein Aufruhr entstand, bevor er selbst es wünschte.
»Man hat ihn mit seinem eigenen Gummiknüppel fertiggemacht«, sagte Hüttemeister flüsternd.

»Mit was für einem Gummiknüppel?«
»Er hatte immer einen in seinem Büro. Solange ich ihn kenne. In einem Betrieb wie diesem hier gibt es oft Krawall, verstehen Sie? Er hing immer in seiner Reichweite, wenn er am Schreibtisch saß.«
Hüttemeister zeigte auf einen leeren Nagel an der Seitenwand des Aktenschrankes.
»Und wo ist der Gummiknüppel jetzt?«
Hüttemeister zuckte mit den Schultern. »Fort. Sie sehen es ja. Sie wird ihn mitgenommen haben.«
»Wer ›sie‹?«
»Ich weiß nichts. Es ist mir nur so rausgerutscht . . .«
Der Kommissar wollte sich gerade eingehend mit Hüttemeisters Andeutung beschäftigen, als die Tür geöffnet wurde und Noell seinen Kopf hereinsteckte.
»Es kann losgehen«, verkündete er.
»Ich komme später auf das ›sie‹ zurück«, sagte der Kommissar. »Wo kann man die Leuchtreklame ausschalten?«
Hüttemeister deutete zur Tür. »Auf dem Flur.«
»Machen Sie das bitte.«
Hüttemeister stand auf und hantierte draußen im Sicherungskasten.
»Okay«, sagte er.
»Sie kommen mit mir, unterbrechen die Musik und erklären den Leuten, daß es um so schneller geht, je weniger Schwierigkeiten sie machen, sich auszuweisen. Wer sich nicht ausweisen kann, muß leider für heute nacht mein Gast sein. Nach der Durchsuchung kann noch abkassiert werden, dann ist Schluß.«
Der Kommissar folgte Hüttemeister zu den Musikern. Schrill brach der Bossa Nova ab, und die Leute redeten durcheinander. Vereinzeltes Murren wurde laut. Ketterle sah seine eigenen Männer. Sie wußten genau, daß sie in diesem Augenblick nichts anderes zu tun hatten als das, was er selbst tat. Sie achteten mit Luchsaugen darauf, ob in dieser Sekunde jemand deutliche Anzeichen von Nervosität oder

Angst zeigte oder sich sonst irgendwie verdächtig benahm. In Augenblicken der Überraschung haben sich solche Leute meist nicht sofort in der Hand.
Jemand schaltete die direkte Beleuchtung ein. Gemütlichkeit und Stimmung waren plötzlich verflogen. Die *Kaskade* sah aus wie ein ungeheizter Wartesaal vor dem ersten Frühzug.
Noells Männer erhoben sich und forderten die Gäste auf, sich an ihre Tische zu begeben. Ketterle war froh, daß es ohne Zwischenfall ablief und er nicht gezwungen wurde, die bewaffneten Leute von der Stadtpolizei einzusetzen. Die Kriminalbeamten notierten gewissenhaft Namen und Adressen aller Anwesenden. Bis auf vier Männer und zwei Frauen konnten alle gehen.
Um kurz vor zwölf war alles getan, was vor der Vernehmung der Angestellten getan werden mußte. Zwanzig Minuten nach Mitternacht war die Bar still und leer. Der Raum bot mit seinen stehengelassenen Gläsern und Flaschen, überfüllten Aschenbechern und verrutschten Tischtüchern einen trostlosen Anblick.
In Klapprodts Büro jedoch arbeiteten Röppke und seine Leute seit einer Dreiviertelstunde an der Spurensicherung, denn eines stand für Ketterle fest, nämlich daß Hannes Klapprodt dort ermordet worden war, wo er ihn gefunden hatte.
Jetzt war auch Zeit und Gelegenheit, nach dem Verbleib des Gummiknüppels zu forschen, von dem Hüttemeister gesprochen hatte. Es konnte wichtige Hinweispunkte liefern, ob und wo sie ihn fanden.
Röppkes Leute hatten Klapprodts Büro bis in den letzten Winkel durchsucht und fotografiert. Wenn es dort Spuren gab, waren sie ihnen mit ziemlicher Sicherheit nicht entgangen. Ketterle erteilte Noell den Auftrag, sich mit seinen Männern des Hofes und insbesondere der Mülltonnen anzunehmen.
Seine Erfahrung hatte ihn gelehrt, daß es erstaunlich viele Menschen gab, die ihre Abneigung gegen den Inhalt von

Mülltonnen unbewußt auch auf die Beamten der Polizei übertrugen. Anders wäre es kaum erklärlich gewesen, daß gerade Mülltonnen meist besonders ergiebige Fundgruben waren.
Sie hatten für diesen Zweck eine Methode entwickelt, bei der man sich nicht einmal die Ärmel hochzukrempeln brauchte. Ohne zu murren, verschwanden Noell und seine Leute, mit Stablampen bewaffnet, nach hinten. Sie waren an so etwas gewöhnt.
In einer der Nischen, die provisorisch in Ordnung gebracht worden war, hatte sich der Kommissar niedergelassen, um jetzt mit den Leuten zu sprechen, auf die es ihm in erster Linie ankam, mit Hüttemeister, Schlickchen, Glowienka, der blassen jungen Frau aus der Garderobe und den fünf Mädchen, die Programm und Bedienung bestritten.
Sie standen müde herum oder saßen auf Stühlen und starrten vor sich hin. Den wenigsten von ihnen war anzumerken, ob Klapprodts Schicksal sie berührte oder nicht. Glowienka hatte seine Uniform ausgezogen und trug einen gutsitzenden dunkelblauen Anzug mit einer grell gemusterten Krawatte. Er sah jedenfalls eleganter aus als Hüttemeister, dem das zu weite dunkelgraue Jackett um die Rippen schlotterte.
»Sind das alle?« fragte ihn Ketterle.
Hüttemeister ließ einen Blick über die Leute schweifen und nickte. »Ja. Sie können anfangen.«
»Na schön. Dann . . .« begann Ketterle.
Er wurde von Schlickchen unterbrochen.
»Das stimmt nicht, Herr Hüttemeister. Die Kleine fehlt, die gestern neu angefangen hat.«
»Aah«, sagte Hüttemeister gedehnt. »Die Kleine fehlt.« Er musterte noch einmal die Gesichter der Mädchen. »Richtig, die Kleine fehlt. Die habe ich ganz vergessen.«
»Welche Kleine?« fragte der Kommissar.
»Na, die Jutta«, murmelte Schlickchen. »Jutta Krieschke heißt sie. Sie hat gestern bei uns angefangen.«
Kommissar Ketterle rieb sich die Augen. Er mußte sich ein-

gestehen, daß er über dem Tod Klapprodts und der Routinearbeit, die seitdem getan worden war, vergessen hatte, worüber er eigentlich mit Klapprodt hatte sprechen wollen.
»Gestern?« sagte er abwesend und sah dann Schlickchen an. »Also doch. Und wo ist sie jetzt?«
»Das weiß ich nicht«, antwortete Schlickchen. »Ich habe sie seit ein oder zwei Stunden nicht mehr gesehen.«

16

Jutta Krieschke wunderte sich über den Ausdruck in Hendrik Maggus' Gesicht, als er an die Bar zurückkam. Seine Augen blickten hart und klar, und die fast marionettenhafte Tranigkeit seiner Bewegungen hatte einer drahtigen Entschlossenheit Platz gemacht. Wenn er es jetzt noch einmal wiederholte, dann meinte er, was er sagte, und dann ging sie mit ihm. Einmal, dachte sie, muß man den Sprung ins Leben riskieren, und ein solcher Zufall wie dieser würde sich nicht alle Tage ergeben.
»Okay«, sagte Maggus. »Wo haben Sie Ihren Mantel?«
»Vorne in der Garderobe«, antwortete Jutta, und das Abenteuer begann in ihren Fingerspitzen zu prickeln. »Aber so schnell geht das nicht. Ich muß mich noch bei Herrn Klapprodt abmelden.«
»Das würde ich an Ihrer Stelle nicht tun. Das gibt nur Schwierigkeiten, und wir haben keine Zeit zu verlieren. Am besten gehen wir ohne Aufsehen, und zwar rasch.« Er blickte auf seine Uhr. »Jetzt sind alle noch von Bord, und Luzifer schläft. Da kann ich Sie ohne Risiko aufs Schiff bringen. Später wird es schwieriger.«
»Darf das denn keiner wissen?« fragte Jutta beklommen.
»Wir sind doch kein Passagierdampfer«, antwortete Maggus und lachte gezwungen.
Wenn sie lange zögerte, würde er die Lust verlieren, mit den

Schultern zucken und sagen: Na, dann eben nicht. Sie rutschte von ihrem Hocker.
»Mein neues Zimmer ist um die Ecke. Schmuckstraße 4, zweiter Stock. Ich packe meine Sachen zusammen und warte dort auf Sie.«
Maggus tat, als kümmere er sich nicht weiter um Jutta. Im Spiegel beobachtete er, wie sie die Bar verließ. Etwas später bestellte er bei Schlickchen den letzten Whisky. Wenn sie nur der Mut nicht verläßt, dachte er, während er trank. Wenn sie nur nicht noch einmal zu ihren Eltern will, um ihnen Lebewohl zu sagen. Bei Frauen war alles möglich. Und sie war noch sehr jung.
Wenn sie später Skrupel bekam, war es nicht mehr so schlimm. Jetzt mußte sie aus dem Schußfeld. Und zwar so schnell wie möglich.
»Wo ist denn die Kleine?« fragte er Schlickchen. »Hat sie es satt?«
»Keine Ahnung. Vielleicht ist ihr nicht gut. Gestern hat sie schon den Rauch nicht vertragen. Und den Gin«, fügte sie bedeutungsvoll hinzu. »Ich kann ja später mal nach ihr schauen. Jetzt kann ich nicht weg. Aber abgesehen davon, die hat es bald satt. Die ist nichts für diesen Beruf. Das merkt man sofort.«
Hendrik Maggus zuckte mit den Schultern. »Na, dann machen Sie mal meine Rechnung«, sagte er und sah noch einmal auf seine Uhr.
»Es wird sie kränken«, meinte Schlickchen.
»Da kann ich ihr nicht helfen. Das ist ja kein Pensionat hier, oder? Runden Sie es auf, und geben Sie ihr den Rest mit einem Gruß von mir. Davon muß sie doch leben, nicht wahr?«
Schlickchen hob bedauernd die Schultern. »Mach ich ... aber die Kleine hält mehr von Ihnen als von Ihrem Geld.«
»Pah«, prustete Maggus und schwang sich vom Hocker. »Das habe ich schon zu oft gehört. Und dann war es doch immer anders.«

Er verbarg seine Erregung, als er sich von der blassen jungen Frau seinen Mantel über das Brett reichen ließ. Gelassen schlüpfte er hinein, und ebenso gelassen gab er ihr ein größeres Geldstück. Doch als sie nicht wechseln konnte, war seine Geduld dahin. Er wandte sich um und verließ das Lokal. Glowienka hielt ihm die Tür auf.
Wenige Minuten danach bog er um die Ecke und sah in die Höhe. Das erleuchtete Fenster im zweiten Stock von Nummer 4 mußte ihres sein. Sein Flügel stand offen, und Hendrik Maggus pfiff. Sie beugte sich heraus, und er sah, daß sie ihren Mantel immer noch anhatte. Sie würde ihm keine Schwierigkeiten mehr machen.
Er lehnte sich mit Rücken und Hinterkopf an die Hauswand, bis er ihre Schritte im Treppenhaus hörte. Als sie neben ihm stand, faßte er sie unter. Erst nachdem sie schon auf der lichtüberfluteten Reeperbahn in Richtung Landungsbrücken gingen, fiel ihm ein, daß er ihr den Koffer tragen könnte.
»Bin ich dann ein blinder Passagier auf Ihrem Schiff?« fragte sie und lächelte.
»Sozusagen«, antwortete er heiser. »Aber lassen Sie mich nur machen. Der Alte wird zwar mächtig zetern, doch wenn wir die Wesermündung hinter uns haben, wird er nicht anders können, als Sie mitzunehmen.«
Er wußte noch nicht genau, was er mit ihr tun würde. Aber daß es zu dem, was er ihr eben gesagt hatte, nicht kommen würde, wußte er ganz genau. Er verschob es auf später, sich eingehende Gedanken zu machen. Jetzt waren andere Dinge wichtiger.
»Angst?« fragte er harmlos.
Sie schüttelte den Kopf. »Keine Spur. Sie sind ja dabei, und zu Ihnen habe ich Vertrauen. Ich hatte es schon gestern, als Sie zu uns reinkamen. Ich hatte den Eindruck, daß Sie Kummer hatten. Schlickchen auch.«
»Schlickchen?« sagte Maggus verblüfft. »Die Dicke?«
»Ja. Wir haben über Sie gesprochen. Man sah Ihnen doch an, daß mit Ihnen irgend etwas nicht in Ordnung war.«

»So«, sagte Maggus mit belegter Stimme. »Und haben Sie dabei an irgend etwas Bestimmtes gedacht?«
Jutta Krieschke hob die Schultern und hielt ihn am Arm zurück, als er unvorsichtig die Fahrbahn überqueren wollte. »Nein, an nichts Bestimmtes. Aber Sie sahen so aus, als könnten Sie etwas Aufmunterung vertragen.«
»Konnte ich auch«, sagte er. »Gut, daß wir uns begegnet sind.«
Sie nickte. »Sie haben mir noch nicht erzählt, warum Sie heute abend wiedergekommen sind«, redete sie weiter. »Hat Ihnen die *Kaskade* so gut gefallen?«
»Ich hatte was gutzumachen. Und ich habe was für Sie übrig.«
»Ich für Sie auch«, sagte Jutta und zog seinen Arm einen Augenblick lang enger an ihren Körper. »Man kann nichts dagegen tun. Finden Sie nicht auch?«
Er sah sie an. »Nein. Es kommt eben manchmal so.«
Sie brauchten nicht lange bis zu den Anlegebrücken der Finkenwerder Boote. Die Schiffe verkehrten noch. Bald saßen sie an Bord, und Jutta Krieschke genoß den harten und sauberen Wind, der nach Wasser und Weite roch.
Dunkles Wasser rauschte unter dem Boot, und Maggus erklärte Jutta die Schiffe und Werften, Kais und Bojen und alles, was er sonst noch von diesem Hafen wußte, den er bisher viermal in seinem Leben angelaufen hatte, einmal davon vor noch nicht sechsunddreißig Stunden, und von dem er sich geschworen hatte, niemals wieder hierher zurückzukehren.
Am Seemannshöft nahe beim Jachthafen verließen sie das Boot und setzten auf den nur spärlich erleuchteten Straßen der äußeren Hafenbereiche ihren Weg fort. Von hier aus waren es knapp zehn Minuten bis zum Liegeplatz der *Kettarah V* im Petroleumhafen, wohin man das Schiff zwischen sieben und halb acht verholt hatte und wo seit dem Abend durch dicke Schläuche Heizöl in seinen Bauch rann.
»Dort liegt mein Schiff«, sagte Maggus, als sie zwischen

mattschimmernden Öltanks hindurch das Hafenbecken sehen konnten. Riesige Tanker mit ihren langgezogenen Silhouetten säumten die endlosen Kais. Dazwischen lag der Rumpf der *Kettarah V* wie eine schwarze Festung in seinen Trossen.

Hendrik Maggus suchte die Decks nach dem Wachmann ab. Er hatte erwogen, ihn zu bestechen, damit er die Augen schloß, wenn das Mädchen an Bord ging. Aber wer garantierte ihm, daß der Bursche nicht doch zu Luzifer ging und ihn gegen den doppelten Betrag verriet? Und das durfte auf keinen Fall geschehen.

Im Schatten einiger abgestellter Güterwagen blieben sie stehen, und Maggus zeigte Jutta von dort aus die Gangway.

»Ich werde den Wachmann auf dem Vorschiff in ein Gespräch ziehen«, sagte er. »Wenn Sie uns reden hören, gehen Sie einfach dort hinauf. Sehen Sie die Winsch und den Winschkasten da oben? Um den gehen Sie rum und warten auf mich.«

Jutta Krieschke hörte förmlich ihr Herz klopfen. Jetzt konnte sie noch zurück. In wenigen Minuten würden die Würfel gefallen sein. Sie legte ihre Hände um seine Oberarme.

»Hast du wirklich was für mich übrig?« fragte sie. »Du mußt es mir noch einmal sagen.«

»Würde ich es sonst tun?« fragte er heiser zurück. »Warum sollte ich es tun, wenn ich dich nicht gern hätte?«

»Wie gern? Ich muß es wissen.«

Hendrik Maggus zögerte einige Augenblicke. »Sehr«, sagte er schließlich und küßte sie. »Warte jetzt hier, und geh dann da rauf. Ich hole dich an der Winsch.«

Im nächsten Moment war er verschwunden. Später hörte sie aus einiger Entfernung sein »Hallo, Wachmann« und sah den Wachmann, den sie bis dahin gar nicht bemerkt hatte, von der Gangway weg nach vorne schlurfen. Endlich hörte sie die beiden Männer miteinander sprechen.

Sie gab sich einen Ruck, nahm den Koffer und trat aus dem Schatten des Güterwagens. Sie wunderte sich ein wenig, daß die Gangway schwankte und quietschte, als sie nach oben stieg. Aber sie tat, was Maggus ihr gesagt hatte. Staunend stand sie schließlich an Deck. Niemand war zu sehen, und im Schatten des Winschkastens war es dunkel. Sie drückte sich an die eiserne Wand und wartete. Es schien ihr eine Ewigkeit zu dauern, bis Hendrik Maggus neben ihr auftauchte.

»Komm jetzt«, flüsterte er. »Es ist alles klar. Die Hauptsache ist geschafft.«

Er zog sie mit sich. Sie stolperte über ein Süll in eine dumpfe, nach Öl riechende Dunkelheit. Schließlich kamen sie an einen schwach erleuchteten Schacht, in dem eine Treppe abwärts lief.

Maggus horchte einige Sekunden, dann zog er sie nach unten. Dort blieb er erneut stehen und lauschte. Nichts war zu hören außer dem fernen, monotonen Hämmern des Hilfsdiesels, das aus den Maschinenräumen heraufklang. Noch einmal ging es eine steile, schmale Treppe abwärts und um zwei Ecken, dann öffnete Maggus eine Tür, schob sie in einen dunklen Raum, folgte ihr und schloß die Tür hinter sich.

»Das ist eine Heizerkammer«, sagte er. »Wir brauchen sie nicht mehr, seit das Schiff auf Öl umgestellt ist. Jetzt lagern hier die Sonnenpersennige für Tropenfahrt. Kein Mensch kommt vor Lissabon hierher. Außer mir natürlich. Auf den Persenningen kannst du hervorragend schlafen. Durch diese Tür geht es in den Waschraum. Da gibt es Wasser und was du sonst noch brauchst.«

Er ließ sein Feuerzeug aufflammen, und Jutta sah sich in ihrer neuen Behausung um. Die Kammer bot einen wenig einladenden Anblick. Es roch nach Firnis und trockenem Segeltuch. Aber zwischen den Stößen der Persenninge würde sie sich einrichten können.

»Licht machst du besser keins. Ich bringe dir eine Taschenlampe, und später auch was zu essen. Die Tür schließe ich sicherheitshalber ab, damit nicht einer aus Versehen herein-

platzt. Du brauchst keine Angst zu haben, Jutta. Und wenn wir fahren, merkst du es von selbst.«
Er machte Anstalten, den Raum zu verlassen. Aber plötzlich hing Jutta an seinem Hals.
»Bleib hier«, sagte sie. »Ich habe Angst, wenn du fortgehst. Kannst du nicht hier bei mir bleiben, bis das Schiff ausfährt?«
Hendrik Maggus löste ihre Arme von seinem Hals. »Sei vernünftig. Ich habe eine Menge zu tun. Ich muß nach oben. In zwei oder drei Stunden komme ich, um nach dir zu sehen.«
Mit diesen Worten verließ er die Kammer. Sie hörte, wie er den Universalschlüssel von außen ins Schloß steckte und umdrehte. Und dann war sie entsetzlich allein. Plötzlich stand sie an der Tür, hämmerte mit den Fäusten dagegen und schrie in sinnloser Furcht immer wieder seinen Namen.
Hendrik Maggus blieb auf der Treppe stehen. Hier unten konnte sie niemand hören. Er vernahm ihre Rufe, bis sie langsam leiser wurden und dann verstummten. Schließlich drehte er sich um, stieg nach oben und betrat seine Kammer. Ohne Licht zu machen, warf er sich auf die Koje, zündete sich eine Zigarette an und starrte an die Decke, wo der Widerschein flammender Abgastürme draußen in den Raffinerien flackerte.

17

»Und der Mann, den Sie für einen Seemann hielten, war gestern schon hier? Das sagten Sie doch?«
Schlickchen nickte. Hornschuh und Ketterle hatten sich weit nach vorne gebeugt und sahen sie an. Hornschuh hielt eine Zigarette über den Aschenbecher und streifte dauernd die Asche ab. Er konnte seine Nervosität nicht mehr verbergen.
»Aber Sie hatten den Eindruck, daß er sie hier kennengelernt hat? Sie glauben, daß er sie vorher noch nie gesehen hat?«

Schlickchen schüttelte den Kopf. »Du lieber Himmel, nein«, sagte sie tonlos. »Ich habe sie doch erst auf ihn aufmerksam gemacht. Mein Gott, in was für eine Geschichte bin ich da hineingeraten.«
»Daran kann man jetzt nichts mehr ändern«, erwiderte Ketterle. »Und der Himmel hat sehr wenig damit zu tun. Was wir brauchen, sind die winzigsten Kleinigkeiten und Einzelheiten. Wie haben sich die beiden gestern abend voneinander getrennt?«
»Es gab Krach«, berichtete Schlickchen. »Er wollte sie zum Gintrinken zwingen. Doch Jutta hat sich wohl an ihre Mutter erinnert und sich gesträubt. Da hat er ihr den Gin einfach in den Mund geschüttet. Aber später haben sie sich wieder vertragen. Er hat sie angeglotzt, als wäre er gerade erst aufgewacht, ist ziemlich rasch gegangen und hat sie draußen beleidigt. Sie hat geheult und war furchtbar enttäuscht. Sie ist auch nicht geeignet für diesen Beruf, Herr Kommissar. Sie hat noch viel zu viele Illusionen, sage ich Ihnen. Ich wette, sie hat ihm geglaubt, was er ihr vorgeschwatzt hat.«
»Und was hat er ihr vorgeschwatzt?«
Schlickchen hob müde die Schultern. »Das weiß ich nicht. Ich habe auch nur Bruchstücke von dem gehört, was sie ihm erzählt hat.«
»Und was war das?«
»Offenbar die Wahrheit«, sagte Schlickchen. »Sie hat ihm die Wahrheit über sich erzählt, was hier sonst kein anderes Mädchen tut. Sie tischen alle rührende erfundene Gschichten mit Kind und so auf. Aber sie hat ihm erzählt, daß sie weggelaufen ist und warum.«
Ketterle nickte. »Gestern wollte er also nichts von ihr wissen?«
»Nein. Nicht viel. Ich hatte nicht einmal den Eindruck, daß er gekommen ist, um sich zu amüsieren.«
»Wozu sonst?«
Wieder hob sie die Schultern. »Katzenjammer oder so was«, wiederholte sie dann ihre eigenen Worte von gestern. »Ir-

gend etwas wollte er hinunterspülen. In meinem Beruf bekommt man ein Fingerspitzengefühl für so was. Das habe ich auch zu Jutta gesagt. Und außerdem war er schon blau, als er kam.«

»Und wie war es heute?« fragte Ketterle.

»Heute«, sagte Schlickchen, »war es ganz anders. Er war nüchtern, und er wollte es auch bleiben. Er machte den Eindruck, als hätte er etwas ganz Bestimmtes vor.«

»War er heute hinter den Mädchen her? Sie haben doch Erfahrung in diesen Dingen?«

Langsam schüttelte Schlickchen den Kopf. »Eigentlich nicht, Herr Kommissar. Er hat sich eigentlich nur um die Kleine gekümmert. Von Anfang an.«

»Hatten Sie den Eindruck, daß sie ihm gestern doch gefallen und er sich vielleicht daran erinnert hat, als er wieder nüchtern war?«

»Ich weiß nicht . . . das ist schwer zu sagen, wissen Sie . . .«

»Daß er sich in das Mädchen verliebt hat . . .?«

»Ich weiß nicht«, murmelte Schlickchen. »So genau habe ich nicht aufgepaßt.«

Ketterle seufzte. »Und wie haben sie sich heute voneinander getrennt?«

»Keine Ahnung«, sagte Schlickchen. »Sie saßen an der Bar und redeten miteinander und tranken etwas, aber nicht viel. Dann war die Kleine plötzlich weg, und er fragte mich nach ihr. Ich dachte, ihr sei vielleicht nicht gut, wie auch gestern schon, und sie sei nach Hause in ihr Zimmer gegangen. Gleich um die Ecke. Sie wissen ja . . .« Sie sah Hornschuh an. ». . . aber da war sie dann ja auch nicht.«

»Nicht mehr«, sagte Hornschuh. »Ihre Sachen waren weg, und dem Vermieter hatte sie eine Monatsmiete auf den Tisch gelegt.«

»Und er?« fragte Ketterle.

»Er saß dann noch hier, trank noch einen Whisky und gab mir Geld für sie. Hier ist es.«

Schlickchen zog einen zusammengefalteten Schein aus

ihrem Ausschnitt und gab ihn dem Kommissar, der ihn auseinanderfaltete und gedankenlos betrachtete.
»War der Mann mal draußen?«
»Ja«, sagte Schlickchen. »Er war einmal für eine Viertelstunde weg. Ich sah ihn dann wiederkommen. Da, durch diesen Vorhang.«
»Und wann hat er die Bar verlassen?«
»Das mag so zwischen neun und halb zehn gewesen sein. Es ging gerade richtig los bei uns. Komisch, was?«
Der Kommissar zuckte mit den Schultern. »Was wissen Sie von Klapprodt?« fragte er dann unvermittelt.
»Wenig«, antwortete Schlickchen. »Er war verschlossen und sprach nicht viel über sich selbst. Er soll mal verheiratet gewesen sein. Aber reden Sie mit Hüttemeister darüber. Der war schon während des Kriegs mit ihm zusammen. Der weiß mehr. Die beiden haben auch häufig zusammengesteckt. Klapprodt hat ihm mal das Leben gerettet oder so. Und hier hat er ja auch für ihn gesorgt.«
»Aber daß Klapprodt und der Unbekannte sich schon einmal gesehen haben, halten Sie für ausgeschlossen?«
»Ziemlich. Ich hatte den Eindruck, daß sie sich nicht kannten. Klapprodt hat auch nur ein oder zwei belanglose Worte mit ihm gewechselt.«
»Wie belanglos?«
»Es ging um die Uhrzeit.«
Ketterle nickte. »Holen Sie jetzt mal die Frau aus der Garderobe.«
Als sie kam, war sie so schüchtern, daß er zu ihr sagte: »Sie brauchen keine Angst zu haben. Es passiert Ihnen nichts.«
Sie setzte sich zögernd.
»Was war heute abend das für Sie Ungewöhnlichste?« fragte Ketterle.
»Na, das hier alles.« Sie zeigte im Lokal herum. »Die ganze Razzia und das.«
Der Kommissar lächelte. »Das stimmt. Das ist natürlich ungewöhnlich. Aber ich meine vorher.«

Sie dachte nach. »Die fünf Mark, die mir der eine Gast gab.«
»Welcher Gast?«
»Der Herr, der so kurz nach acht reinkam und schon gegen halb zehn wieder ging.«
»Und von dem haben Sie fünf Mark bekommen?«
»Ja«, sagte sie. »Als ich nicht gleich rausgeben konnte, drehte er sich um, und schon war er weg.«
»War das der in dem dunkelblauen Mantel?«
»Ja, der«, sagte die Frau. »Ein netter Herr.«
»So, so«, murmelte der Kommissar.
»Die meisten lassen da drin Hunderte für Getränke und für die Mädchen und stopfen dem Portier Scheine in die Tasche. Mir gibt selten jemand mehr als die Mark für seinen Mantel. Und dabei brauche ich es so nötig. Ich habe wirklich zwei Kinder, Herr Inspektor, und Sie glauben nicht, wie es mich aufregt, wenn die da drin ihre Märchen von ihren Kindern und ihrem Unglück erzählen, nur um noch mehr zu verdienen.«
»Ich kann es Ihnen nachfühlen«, sagte Ketterle. »Aber wir müssen trotzdem bei der Sache bleiben. Die Neue, die heute zum zweitenmal da war, hat doch auch ihren Mantel bei Ihnen reingehängt?«
»Ja. Das tun sie alle. Umsonst natürlich.«
»Und die ist doch auch schon ziemlich früh gegangen. Erinnern Sie sich daran?«
»Ja, so gegen halb zehn.«
Ketterle beugte sich zu ihr vor. »War das, bevor der nette Herr die Bar verließ oder danach?«
Sie überlegte. »Das war vorher«, sagte sie dann. »Ich kann mich genau daran erinnern.«
»Machte das Mädchen auf Sie den Eindruck, als wäre ihr übel oder als wäre sie krank?«
Sie schüttelte den Kopf. »Nein. Sie war aufgeregt, und ihre Augen glänzten. Sie machte genau den gegenteiligen Eindruck auf mich.«

»Aha«, sagte der Kommissar. »Und sonst?«
»Sonst war nur noch der Streit in Herrn Klapprodts Zimmer. Das habe ich vorher gehört.«
»Wie war das genau?«
»Genau kann ich es Ihnen nicht sagen. Ich hörte nur plötzlich die Stimme von Herrn Klapprodt und einer Frau, und die beiden stritten sich. Aber ich konnte natürlich nicht verstehen, worum es im einzelnen ging. Die Musik ist hier sehr laut.«
»Haben Sie die Frau, die zu Herrn Klapprodt hineinging, gesehen?«
»Das kann ich Ihnen nicht sagen. Alle, die zur Toilette wollen, müssen durch diesen Flur durch. Und da waren auch viele Damen dabei.«
»Auch der nette Herr in dem blauen Mantel?«
»Ja. Er mußte den Streit ebenfalls gehört haben.«
»War Herr Hüttemeister auch dabei?«
»Ja. Herr Hüttemeister ging nach hinten und holte im Keller Nachschub für die Bar. Als er mit beiden Armen voller Flaschen zurückkam, fragte er mich, ob ich den Streit gehört hätte.«
»Was sagte er genau?«
»›Haben Sie mitgekriegt, um was es da gegangen ist?‹ fragte er mich.«
»Der Streit war also schon vorbei, als er das fragte?«
Die Frau zögerte mit der Antwort. »Ich kann mich nicht mehr so genau daran erinnern«, sagte sie schließlich. »Es ging alles ineinander über. Aber nachdem er fragte, um was es da gegangen ist, werden Sie schon recht haben.«
»Überlegen Sie bitte noch mal, das ist sehr wichtig. Können Sie gar keinen Anhaltspunkt finden, um mir das ganz genau zu sagen?«
Die Frau schüttelte zuerst den Kopf, aber dann hielt sie in dieser Bewegung inne und schob sich ein Löckchen aus der Stirn. »Doch, Sie haben wirklich recht. Denn Herr Hüttemeister blieb ein paar Sekunden bei mir stehen, und wir horch-

ten beide, ob es vielleicht noch einmal losging. Aber es blieb still, und er kehrte zur Bar zurück.«
»Das haben Sie gut gemacht«, sagte Ketterle und wollte sich gerade bei der Frau bedanken, als er Noell bemerkte, der auf ihn zusteuerte.
»Nichts?« fragte Ketterle.
»Nein«, antwortete Noell, »wenn Sie den Gummiknüppel meinen. Wir haben alles durchgewühlt.«
Der Kommissar kannte Noells Gesichtsausdruck, wenn er etwas spannend machte. Aber Ketterle stand heute abend nicht der Sinn nach solchen Spielchen.
»Und sonst?« fragte er. »Reden Sie schon, Noell. Machen Sie keine Scherze.«
»Tja«, sagte Noell und fischte sich eine Zigarette aus Hornschuhs Packung, die auf dem Tisch lag. »Du erlaubst doch? Tja, in einer der Tonnen fanden wir vier blaue Seemannsmützen mit blankem Schirm. Wie kommen die da rein, frage ich mich.«
»Ich habe Ihnen doch gesagt, Sie sollen keine Scherze machen, Noell.«
»Es ist kein Scherz. Wollen Sie die Mützen sehen? Sie riechen nur nicht gut.«
Ketterle schüttelte ungläubig den Kopf.
»Ja, und das Komischste ist, die Dinger lagen ziemlich weit unten in der Tonne, und als wir sie umkippten, waren sie fast zuoberst auf dem Haufen . . .«
»Na und?«
»Sie waren aber bei weitem nicht so durchtränkt wie das andere Zeug aus dieser Schicht, zerrissene Nylonstrümpfe, Küchenlumpen und so. Sie sind später da reingetan worden. Sie sind versteckt worden, und zwar erst kürzlich.«
»Und warum sind sie versteckt worden?« fragte Ketterle spöttisch.
»Das weiß ich auch nicht«, sagte Noell. »Immerhin hielt ich sie für außergewöhnlich genug . . .«
»Sie haben natürlich recht, Noell«, lenkte der Kommissar

ein. »Wenn es eine gewesen wäre. Aber vier?« Er sah fragend von Noell zu Hornschuh. »Na, bringen Sie sie mal her«, sagte er dann zu Noell, und der verschwand.
Nach wenigen Augenblicken kam er mit einem großen Stück Papier, auf dem die Mützen waren, zurück. Er legte es vor dem Kommissar auf den Tisch und rieb sich die Hände.
»Goldenes K im Lorbeerkranz«, murmelte Ketterle. »Schon wieder K. Alle vier das gleiche Emblem. Kennen Sie die Reederei?«
»Nein. Es braucht nicht unbedingt eine deutsche Reederei zu sein. Zwei der Mützen stammen aus Liverpool, eine aus Neapel und eine aus Boston. Sehen Sie . . .« Noell drehte die Mützen um und zeigte dem Kommissar die Firmenetiketten. »Die Anfangsbuchstaben der Eigentümer hat Röppke sich schon aufgeschrieben.«
Ketterle hob die Schweißbänder etwas an und las die gestanzten Blechschildchen. Ein »J. F.« war da zu sehen, ein »H. M.« und ein »E. S.«. Die vierte Mütze war nicht gekennzeichnet.
»Na gut«, sagte Ketterle. »Holen Sie jetzt mal Herrn Hüttemeister, Hornschuh. Und lassen Sie von der kleinen Dicken eines der Lorbeerkranzembleme abtrennen. Wir können ja nicht dauernd mit Seemannsmützen in der Hand rumlaufen.«
Hornschuh ging, um Hüttemeister zu holen.

18

Es war wenige Minuten nach eins. Swarower hatte bereits zwei der drei Ölschläuche abflanschen lassen. Für die letzten fünf Tonnen würde einer genügen. Luzifer stand im Kartenhaus, band sich den Schlips und sah zu, wie die Hafenkarte auf dem Tisch befestigt wurde. Wilkinson schob die Magazine zur Seite und rutschte von seiner Koje. Nur Hen-

drik Maggus starrte noch immer, eine verglimmende Zigarette zwischen den Fingern, liegend an die Decke seiner Kammer und zählte die Minuten. Er fuhr erst hoch, als das heisere Gebrüll der Schleppersirenen ertönte.
Von alldem ahnte Kommissar Ketterle nichts, als er jetzt in Hüttemeisters gerötete Augen sah.
»Alles ein bißchen viel für Sie, was?«
»Das kann man sagen«, antwortete Hüttemeister. »Dauert es noch lange?«
»Nur ein paar Fragen«, erwiderte der Kommissar, dem man anzusehen begann, daß es auch für ihn etwas viel war. »Haben Sie eine Ahnung, wer die Frau heute abend in Klapprodts Büro war?«
»Nicht die geringste«, sagte Hüttemeister. »Ich stehe vor einem Rätsel.«
»Warum?«
»Weil Klapprodt keinerlei Frauenbekanntschaften hatte. Er verkroch sich tagsüber in seiner Villa und nachts in seinem Büro.«
»Kann es nicht eines der Mädchen hier aus der Bar gewesen sein, das sich mit ihm stritt?«
»Nein. Das ist ausgeschlossen. Das wäre mir aufgefallen. Außerdem war es eine fremde Stimme. Und schließlich gibt es hier kein einziges Mädchen, das Klapprodt duzt.«
»Sie haben sich geduzt?«
»Ja. Das habe ich deutlich gehört.«
»Kennen Sie überhaupt jemanden, der Klapprodt duzte?«
»Ja.«
»Wen?«
»Mich.«
Der Kommissar verzog das Gesicht und machte eine abwehrende Handbewegung. »Keine Frau?«
»Klapprodts Frau starb vor fast zwanzig Jahren. Er hat sie sehr geliebt, und seitdem habe ich ihn nie wieder mit einer Frau gesehen. Ich sage Ihnen doch, es ist mir ein Rätsel.«
Ketterle seufzte. »Und worum ging es bei diesem Streit?«

»Ich hab nicht viel mitgekriegt, weil ich in den Keller mußte, um Nachschub für die Bar zu holen. Aber es ging wohl darum, daß Klapprodt wegen des Mädchens, das gestern bei uns anfing, bei der Polizei anrufen wollte, und ... da geht mir endlich ein Licht auf. Richtig. Deswegen sind Sie hierhergekommen. Er hat es also doch getan?«
»Er hat es getan. Aber er kam nicht mehr dazu, viel zu sagen, denn während seines Gesprächs mit mir wurde er erschlagen.«
»Haben Sie denn keine Frauenstimme gehört?« fragte Hüttemeister.
»Nein«, sagte Ketterle. »Ich habe keine Frauenstimme gehört.« Er drehte nachdenklich das Wasserglas, das vor ihm auf dem Tisch stand, zwischen seinen Händen hin und her. »Wegen des Mädchens«, murmelte er vor sich hin. Dann hob er den Kopf. »Was war, als Sie aus dem Keller wieder nach oben kamen?«
»Da war es in Klapprodts Zimmer still.«
»Aber Sie sind nicht hineingegangen?«
»Ich wollte es, aber ich hatte beide Arme voller Flaschen und konnte die Tür nicht öffnen. Ich fragte dann nur vorne die Garderobenfrau, um was es gegangen sei. Aber sie hatte noch weniger gehört als ich.«
Der Kommissar nickte und rieb sich müde die Augen. »Ja, das stimmt«, sagte er. »Das hat sie mir auch erzählt. Und es stimmt ebenfalls, daß Klapprodt mit einem stumpfen Gegenstand auf den Hinterkopf geschlagen wurde und wahrscheinlich an einer Gehirnblutung und einem Schädelbruch innerhalb weniger Minuten starb. Vermutlich hat man den Gummiknüppel benutzt, von dem Sie vorhin sprachen.« Nachdenklich schwieg er einen Augenblick. »Können Sie sich«, sagte er dann, »daran erinnern, daß gestern oder heute Männer hier in der Bar waren, die solche Mützen trugen?« Er deutete auf die Kopfbedeckungen, die vor ihm auf dem Tisch lagen.
»Ich frage mich schon die ganze Zeit, was Sie damit wollen«,

antwortete Hüttemeister. »Aber ich habe diese Mützen noch nie gesehen.«
»Hier in der Bar hat sie also Ihrer Erinnerung nach gestern oder heute niemand aufgehabt?«
»Nein. Das kann ich mit Sicherheit sagen. Und vier Leute? Das wäre mir aufgefallen.«
Nachdenklich drehte Ketterle wieder das Wasserglas zwischen seinen Händen. In diesem Augenblick war deutlich zu sehen, wie abgespannt er war. »Für Sie schaut der Mord also so aus«, sagte er und sah Hüttemeister an, »daß eine unbekannte Frau durch die Hoftür in Klapprodts Zimmer kam, sich mit ihm über eine Angelegenheit stritt, von der sie gar nichts wissen konnte, und ihn dann mit der Kraft eines Mannes mit einem Gummiknüppel erschlug, den sie anschließend mitnahm, als sie ungesehen wieder verschwand.« Ketterle blickte von Hüttemeister zu Hornschuh und wieder zu Hüttemeister. »Nicht wahr«, fuhr er dann fort, »das glauben Sie doch beide selber nicht. Aber ich muß zugeben, für mich sieht es vorläufig auch so aus. Ich weiß nur eines bestimmt, nämlich daß es trotzdem auf keinen Fall so war.« Schwerfällig erhob er sich und streckte die Arme. »Dieser Abend, Hornschuh«, sagte er gähnend, »war wieder ein voller Erfolg für uns. Lassen Sie uns sehen, wie weit Noell und Röppke sind.«
Noell und Röppke waren fertig. Im Flur begegneten sie Röppkes Leuten, die gerade Klapprodts Leichnam auf einer Bahre hinaustrugen. Unter dem Eingang mit dem erloschenen Lichtbogen stehend, sahen sie zu, wie er in den Bereitschaftswagen geschoben wurde und sich die Türen schlossen. Der Vorgang erregte die Aufmerksamkeit nur weniger Leute, die stehenblieben oder mit verschränkten Armen in anderen Türen standen, über denen grelle Leuchtschriften ungeahnte Genüsse versprachen.
»Kommen Sie, Hornschuh, ich brauche einen Kaffee«, sagte Ketterle. »Das alles hier kotzt mich an.«
Langsam, wie zwei Besucher aus der Provinz, gingen sie die

Große Freiheit hinunter zur Reeperbahn, genau in dem Augenblick, da draußen im Petroleumhafen die *Kettarah V* die Trossen loswarf und Luzifer auf der Brücke sein »Backbord halbe Kraft zurück« ins Sprachrohr quetschte und dem Lotsen die übliche Zigarre anbot, bevor er ihm seinen Platz räumte.

Ketterle kannte die kleine Imbißstube, in der es Würstchen, Eisbein, Frikadellen, Bier und einen vorzüglichen Kaffee gab. Der Wirt, der eine weiße Schürze trug, wischte ihnen einen der wackligen Tische ab. Als die Kaffeetassen vor ihnen standen, ließ sich Ketterle eine Papierserviette bringen und begann, wie es seine Gewohnheit war, den Fall schematisch aufzuzeichnen.

»Fangen wir von vorne an, Hornschuh. Die Mellrich wohnte also zusammen mit der Rühl in einem Apartment.« Er verstärkte nachdenklich einige Linien in seiner Zeichnung. »Was sollen wir der Mellrich glauben? Das, was sie Ihnen sagte, daß sie von nichts wußte, oder das, was sie Frau Ferch sagte, daß sie Furcht habe, darüber zu reden? Oder keins von beidem?« Er sah Hornschuh an. »Gibt es noch eine dritte Möglichkeit, Hornschuh? Was meinen Sie?«

»Ich kann mir keine vorstellen.«

»Dazu sind Sie vielleicht auch noch nicht lange genug in diesem Beruf tätig. Ich kann es.« Eine weitere Linie entstand in der Zeichnung des Kommissars. »Es stimmt nämlich nicht, daß sie von nichts wußte. Sonst wäre sie nicht mit dem Mörder der Rühl zusammengetroffen. Oder glauben Sie, daß das ein reiner Zufall war? Wenn wir einmal davon ausgehen, daß sie demselben Mann zum Opfer gefallen ist, dann kannte er sie und wußte, daß sie damals ihre Wohnung mit der Rühl geteilt hatte. Zu diesem Schluß gibt es aber auch noch einen Umkehrschluß. Wenn es nämlich stimmt, daß derselbe Mann sie getötet hat, dann ist es sehr leicht möglich, daß sie wußte, wer er ist, und versucht hat, ihn mit diesem Wissen zu erpressen.

Daß sie ein solcher Versuch das Leben gekostet hat, wundert mich bei der Brutalität dieses Burschen nicht im mindesten.«
»Das ist aber verdammt weit hergeholt«, sagte Hornschuh.
»Doch alles schon dagewesen«, entgegnete Ketterle. »Und außerdem würde diese Version den Widerspruch in den Aussagen der Mellrich auf die einleuchtendste Art erklären. Lassen Sie uns das mal weiterspinnen, Hornschuh. Was hatte die Mellrich am Hafen zu suchen? Ausgerechnet am Hafen, Hornschuh? Kombinieren Sie das doch mal mit der Tatsache, daß sich in diesen ganzen sechzehn Monaten nicht die geringste Spur des Würgers gefunden hat. Nicht der kleinste Hinweis aus der Bevölkerung. Nichts.«
»Was wollen Sie daraus schließen?«
»Nehmen wir nur einmal an, unsere bisherige Vermutung, daß der Mann in Hamburg wohnt, sei falsch.«
»Und dann? Wo soll er sonst wohnen? Wie . . .?« Hornschuhs Gesicht bekam in diesem Augenblick, da es ihm zu dämmern begann, einen fast dümmlichen Ausdruck. »Hafen«, murmelte er dann. »Ich begreife allmählich.«
»Das freut mich«, sagte der Kommissar. »Dann war meine Idee doch nicht so abwegig, als daß Sie nicht auch darauf hätten kommen können.«
»Ein Schiff! Es könnte doch sein. Oder?«
»Natürlich könnte es sein. Und jetzt erinnern Sie sich daran, wofür die kleine Dicke den Mann gehalten hat, der sich so eingehend mit Jutta Krieschke beschäftigte und sie ganz offensichtlich sogar mitgenommen hat . . .« Er stockte ein paar Sekunden, und dann bekam seine Stimme einen erregten Tonfall. »Gestern abend hatten sie Krach miteinander. Er hat sie beleidigt. Sie trennten sich in einer Mißstimmung. Heute abend kommt er noch einmal, von dem Krach ist nicht mehr die Rede, sie sind ein Herz und eine Seele, und schließlich geht sie sogar mit ihm fort . . .«
Er sah mit blicklosen Augen auf eine kitschige Hafenszene, die an der Wand hing, und stieß nervös den Kugelschreiber in rhythmischen Abständen auf die Tischplatte.

»Dann steht Klapprodts Tod vielleicht doch im Zusammenhang damit«, stieß er nach einer Weile hervor, legte den Kugelschreiber auf die Tischplatte, von wo er auf den Boden kullerte, und starrte Hornschuh sekundenlang an. »Laufen Sie schnell in die *Kaskade*, Hornschuh, und sehen Sie nach, ob die kleine Dicke noch da ist. Ich muß sie unbedingt noch einmal sprechen. Ich habe etwas ungeheuer Wichtiges vergessen. Machen Sie schon. Rasch. Sie haben jüngere Beine als ich.«

Hornschuh begriff, daß es Ketterle offenbar um Minuten ging, und verschwand ohne Hut und Mantel. Als er keuchend mit Schlickchen zurückkam, stand sein Chef vor den rotierenden Scheiben eines Spielautomaten und blickte in das schillernde Lichtgeflimmer. Er drückte gerade wieder ruckartig die Tasten, als er im Spiegel des Automaten Schlickchens Gesicht sah.

»Wem hat Jutta Krieschke«, fragte er, ohne sich umzudrehen, »in der *Kaskade* ihre Geschichte erzählt?«

Um seine Erregung unter Kontrolle zu halten, bediente er weiter den Automaten, während er auf Schlickchens Antwort wartete. *Klapprodt* sah er im Spiegel ihren Mund formen. Das Wort selbst hörte er nicht, weil in diesem Augenblick eine Lachsalve durch die Imbißstube prasselte.

»Nur Klapprodt?«

»Nur Klapprodt. Ich habe es am Rande mitgekriegt. Und Klapprodt hat ihr selbst geraten, es niemand anders zu erzählen.«

»Dann sehe ich endlich klar«, sagte Ketterle und drehte sich um. »Dann hat unser Mann vier Mädchen erdrosselt. Als vorletzte Kat Rühl, als letzte Gerda Mellrich. Heute mittag hat er die verdammte Meldung von Siebeck über die angeblich tote Jutta Krieschke gehört und sich erinnert, daß er dieser Jutta Krieschke gestern abend begegnet ist. Und er hat den einzig richtigen Schluß gezogen, nämlich daß für ihn nur eine Chance besteht, wenn die Krieschke schweigt. Klapprodt hat unser Mann in dem Augenblick erschlagen, als er durch den Anruf bei uns seine Kreise störte. Und Jutta Krieschke befindet sich jetzt in den Händen eines der brutalsten Verbrecher der Kriminalgeschichte, wenn sie überhaupt noch lebt.«

Schlickchen brach bei seinen Worten in hemmungsloses Schluchzen aus, und Ketterle bemerkte, daß alle zu ihnen herübersahen.

»Wenn ich richtig liege«, fuhr er fort, »ist unsere einzige Chance, daß unser Mann noch auf demselben Schiff fährt wie damals. Und wenn er das tut, dann muß der Name seines Schiffes zumindest am 14. Dezember vorigen Jahres und gestern in den Listen des Hafenkapitäns auftauchen. Ist das der Fall, wissen wir, wo wir unseren Mann zu suchen haben. Los, Hornschuh, wir müssen zum Revier 10. Fürs Präsidium ist es zu spät.«

Hut und Mantel flüchtig über den Arm geworfen, verließen sie hastig die Imbißstube.

»Zahlst du die Zeche?« wollte der Wirt von Schlickchen wissen und blickte mißtrauisch in ihr tränenüberströmtes Gesicht.

Leute sammelten sich um sie und stellten Fragen. Jemand schob ihr einen Stuhl hin, und erstaunt hörten sie sie stammeln: »Es darf nicht sein. Es darf ihr nichts passieren. Wenn ihr etwas passiert, bin ich daran schuld.«

Wahrscheinlich geschah es an diesem Ort zum erstenmal, daß ein Mensch inbrünstig zu beten begann.

19

Es war die Zeit, zu der es an Samstagabenden für den Revierführer des Polizeireviers 10, der berühmten Davidswache, interessant wurde. Unablässig verließen Streifen in Zivil oder Uniform das Gebäude und betraten es wieder. Die Zellen im rückwärtigen Teil waren von Randalierern, Zech-

prellern, Taschendieben, Hehlern, leichten Mädchen oder Zuhältern belebt, und die beiden Protokollbeamten in Hemdsärmeln hatten alle Hände voll zu tun.
Eine Beamtin führte eine Gruppe schwedischer Journalisten durch die Räume, die nicht ahnten, daß sie ihren sensationshungrigen Lesern wirklich etwas hätten bieten können, wenn sie sich den beiden Männern an die Fersen geheftet hätten, welche rasch und zielsicher auf das Zimmer des Revierführers zusteuerten.
Dieser kannte den Kommissar persönlich, und außerdem hatte er heute abend schon mit ihm telefoniert, als Ketterle von der *Kaskade* aus angerufen hatte.
»Worum geht es?« fragte er und erhob sich hinter seinem Schreibtisch, als Ketterle und Hornschuh ihre Mäntel auf einen Stuhl in der Ecke warfen.
»Um etwas, um was es bei uns höchst selten geht«, antwortete Ketterle. »Um ein Mädchen, das in diesem Augenblick möglicherweise noch lebt.«
»Frauenmorde?« fragte der Revierführer.
»Stimmt. Und der Wirt von der *Kaskade* hat auch dran glauben müssen.«
»Klapprodt?«
»Ja. Heute abend gegen neun. Und seitdem wissen wir, daß unser Mann wieder ein Mädchen in den Fingern hat . . . ich darf gar nicht daran denken . . . Kann ich mal . . .?« Er griff nach dem Telefon.
»Natürlich. Wen wollen Sie?«
»Hafenamt. Ich brauche jemanden von der Dienststelle des Hafenkapitäns. Das sind die einzigen, die mir im Augenblick helfen können.«
»Die Nummer haben wir hier. Wir brauchen sie oft.« Der Beamte las von einem an der Wand hängenden Verzeichnis die Nummer ab, und Ketterle wählte. Schon nach wenigen Sekunden meldete sich jemand.
»Bei Ihnen werden doch die Schiffe, die im Hafen liegen, täglich eingeteilt und registriert, stimmt das?«

»Ja, das gehört zu unseren Aufgaben.«
»Kriminalpolizei, Kommissar Ketterle hier. Ich brauche den Namen eines Schiffes, das vermutlich am 22. Februar, am 2. oder 3. März und am 14. Dezember des vorigen Jahres sowie gestern beziehungsweise heute im Hamburger Hafen gelegen hat oder liegt.«
»Wie heißt das Schiff, Herr Kommissar?«
Ketterle griff sich an den Hals, als wollte er sich den Kragen öffnen. »Mann«, sagte er und zwang sich zur Ruhe. »Das will ich ja gerade von Ihnen wissen.«
»Also handelt es sich um kein bestimmtes Schiff?«
»Doch«, schnaufte Ketterle. »Es handelt sich wahrscheinlich um ein ganz bestimmtes Schiff. Aber ich weiß seinen Namen nicht. Und auf den kommt es mir an. Sie müssen die Listen nach dem Namen eines Schiffes durchgehen, das an allen oder einigen von diesen Tagen hier im Hafen lag. Verstehen Sie? Ich kann Ihnen keine langen Erklärungen abgeben. Die Zeit brennt mir auf den Nägeln.«
»Einen Teil der alten Listen des vergangenen Jahres müssen wir aus dem Archivkeller holen. Hat das nicht bis morgen Zeit?«
»Bis morgen? Nein, bis morgen hat das keine Zeit. Bis morgen kann das Mädchen, um das es sich handelt, längst tot sein.«
Jetzt begriff der Mann endlich.
»Warten Sie einen Moment«, sagte er, und Ketterle hörte ihn im Hintergrund mit einem anderen Mann sprechen. Dann kam er wieder an den Apparat. »Wo sind Sie zu erreichen? Wir rufen zurück. Und geben Sie mir noch einmal die Daten.«
Ketterle nannte ihm die Nummer des Reviers und machte die gewünschten Angaben.
»Wie lange kann das dauern?« fragte er.
»Wir werden uns alle daransetzen«, sagte der Mann. »Wir haben täglich zwei- bis dreihundert Schiffe im Hafen. Manchmal auch mehr. Suchen Sie ein Schiff, das hier in

Hamburg beheimatet ist, oder eines unter fremder Flagge? Bei den Schiffen, deren Heimathafen Hamburg ist, werden viele dabei sein, die an allen fraglichen Tagen hier gelegen haben.«

Der Kommissar trommelte mit den Knöcheln auf die Schreibtischplatte. Das war eine Schwierigkeit, an die er noch gar nicht gedacht hatte.

»Warten Sie einen Moment«, sagte er und wandte sich Hornschuh zu. »Wenn die uns die Schiffe für alle vier Daten heraussuchen, arbeiten sie bis morgen früh. Wenn ich ihn bitte, bloß den 14. Dezember und heute in Betracht zu ziehen, sinken unsere Chancen, daß nur das eine Schiff, das wir suchen, durch das Sieb fällt, um genau fünfundzwanzig Prozent. Zeit oder Sicherheit. Was meinen Sie, Hornschuh?«

»Zeit«, sagte Hornschuh. »Ich bin für Zeit.«

»Ich auch.« Ketterle sprach wieder in die Muschel. »Ich will es Ihnen erleichtern. Suchen Sie nur die Schiffe vom 14. Dezember vorigen Jahres und die von heute. Vielleicht kommen wir schon auf diese Weise ans Ziel.«

Er legte auf und warf einen Blick auf die Uhr über der Tür des Dienstzimmers. Sie zeigte wenige Minuten vor halb zwei.

»Und wenn das alles nur ein Hirngespinst ist?« fragte Hornschuh.

Ketterle ließ sich auf einen Stuhl nieder, um zu warten.

»Dann können wir vorerst auch nichts anderes tun. Aber ich glaube nicht, daß es ein Hirngespinst ist. Erstens: Der Mann, der sich so eingehend mit Jutta Krieschke beschäftigte, ist Seemann. Das steht fest. Zweitens: Daß sich von der toten Kat Rühl zu der toten Gerda Mellrich eine Verbindung herstellen läßt, steht auch fest. Drittens: Ferner steht fest, daß die tote Gerda Mellrich weder Ihnen noch Frau Ferch die Wahrheit gesagt hat, weil beide Aussagen, wie auch immer Sie es sehen wollen, einfach nicht zusammenpassen. Und wenn man davon ausgeht, dann ist der Gedanke, daß sie vielleicht die Absicht hatte, den Mörder zu erpressen, gar nicht so abwegig.«

»Dann kann der Mörder aber kein sehr gefährlicher Mörder sein«, sagte Hornschuh. »Oder würden Sie sich mit einem kaltblütigen Würger abends bei Dunkelheit am Billhafen treffen? Selbst wenn Sie noch so geldgierig wären?«
Ketterle schwieg verdutzt und zog dann eine Zigarre aus seiner inneren Brusttasche. »Daran habe ich noch gar nicht gedacht, Hornschuh«, sagte er, als sie brannte. »Was für einen Schluß würden Sie daraus ziehen?«
»Nun, ich könnte mir vorstellen, daß der Mord an Kat Rühl zum Beispiel eine Affekthandlung war und der an Gerda Mellrich eine Verzweiflungstat, mit der sie sicherlich nicht im entferntesten gerechnet hat. Sonst hätte sie sich nicht mit ihm getroffen.«
»Und der an Klapprodt? Auch eine Verzweiflungstat? Und die beiden Morde vom März vorigen Jahres? Zwei Affekttaten? Da stimmt etwas nicht, Hornschuh, aber ich gebe zu, es ist schwer zu entscheiden, ob in meiner Theorie oder in Ihrer. Grundsätzlich möchte ich sagen, daß Ihr Einwand überlegt und plausibel ist. Doch was wäre, wenn wir aufgrund einer solchen Hypothese die Gefahr falsch einschätzten, in der sich Jutta Krieschke befindet? Denn der Seemann ist zweifellos ein Verbindungsglied zwischen ihr und der Mellrich. Und das kann er nur sein, wenn er ein Interesse daran hat, daß die Identität der Mellrich nicht bekannt wird. Wie schon vorhin führt also auch hier der Umkehrschluß zu einem glaubhaften Ergebnis.«
»Aber nur, wenn wir davon ausgehen, daß unser Mann die Abenddurchsage nicht gehört hat. Hätte er sie gehört, dann hätte er ja wissen müssen, daß sein Geheimnis nicht mehr gewahrt war, und es wäre für ihn sinnlos, das Risiko einzugehen, Jutta Krieschke verschwinden zu lassen.«
»Das ist richtig, Hornschuh. Wir wissen nicht wörtlich, was Klapprodts Anruf vorausgegangen ist. Es brauchte sich ja nur in diesem Moment für unseren Mann so angehört haben, als habe Klapprodt aus eigenem Antrieb bei uns angerufen. Aber an der Lage ändert das alles nichts.«

Hornschuh mußte dem zustimmen.
»Es bleibt uns also«, fuhr Ketterle fort, »nichts anderes übrig, als auf die Linie von Kat Rühl über Gerda Mellrich und Hannes Klapprodt zu Jutta Krieschke zu vertrauen. Wenn sie stimmt, dann ist der Mann, der Hannes Klapprodt erschlug, auch der Mann, hinter dem wir seit sechzehn Monaten her sind. Wenn der Anruf, auf den wir warten, eine Parallele zwischen unseren Daten und einem bestimmten Schiff zuläßt, müssen wir handeln, ganz gleich, auf welche Ungereimtheiten wir gestoßen sind. Das stimmt doch? Das ist doch das einzige, was wir tun können, oder?«
Durch eine Rauchwolke seiner Zigarre hindurch sah Ketterle Hornschuh gespannt an. Das Läuten des Telefons enthob Hornschuh einer Antwort.
Es war das Hafenamt.
Hornschuh konnte aus dem wiederholten »Ja«, das Ketterle hervorstieß, wenig entnehmen.
»Vier Schiffe«, hörte er ihn endlich sagen. »Nennen Sie mir bitte die Namen. Ich notiere . . .«
Er machte zu Hornschuh hinüber heftige Bewegungen des Schreibens, und Hornschuh beugte sich mit gezücktem Kugelschreiber über den Tisch. Er schrieb die Namen mit, die der Kommissar am Telefon wiederholte.
»Dampfer *Innstein,* Bremen. Motorschiff *Stavangers,* Bergen. Dampfer *Kettarah V,* Piräus. Dampfer *Victory-Star,* Portsmouth.«
Wieder lauschte der Kommissar eine Weile. Dabei fischte er das Emblem aus der Tasche, das Schlickchen aus einer der vier Seemannsmützen getrennt hatte, legte es auf den Tisch und drückte zwei Finger darauf.
»*Kettarah V*«, wiederholte er erneut. »Wie? Ein Grieche, sagen Sie. Und wo liegt das Schiff?«
Einen Augenblick lang war es so still, daß man die Stimmen aus dem Wachraum hören konnte.
»Wann?« fragte der Kommissar mit veränderter Stimme. »Wissen Sie, wohin?« Er drehte nervös die Zigarre zwischen

den Zähnen. »Schiffsmeldedienst, Elbchaussee. Sind die nachts besetzt? Gut . . .« sagte er dann, »ich danke Ihnen jedenfalls für Ihre Bemühungen.«
Die Hand des Kommissars blieb auf dem Hörer liegen, nachdem er aufgelegt hatte. »Zu spät, Hornschuh«, sagte er düster. »Jetzt, da wir fast die Gewißheit haben, daß es sich um das Schiff handelt, das wir suchen.« Er klopfte mit dem Zeigefinger auf das goldene *K* im Lorbeerkranz. »Die *Kettarah V* ist vor einer knappen Stunde ausgelaufen. Wahrscheinlich nach Casablanca. Näheres kann uns nur der Schiffsmeldedienst mitteilen, der alle ein- und auslaufenden Schiffe verfolgt und überwacht. Sie sind nachts besetzt.«
Hornschuh suchte sofort im Telefonbuch nach der Nummer des Schiffsmeldedienstes. Als er sie gefunden hatte, wählte er und gab den Hörer Ketterle.
»Ein auslaufender Dampfer«, sagte der Mann in seinem Büro an der Elbchaussee. »Wir melden nur einlaufende Schiffe. Von Brunsbüttelkoog und Glückstadt aus. Wir können Ihnen von jedem einlaufenden Dampfer zwischen Feuerschiff I und dem Athabaskahöft sagen, wo er sich im Augenblick befindet. Aber nicht von einem auslaufenden. Wann hat das Schiff losgeworfen?«
»Das weiß man beim Hafenkapitän auch noch nicht genau. Man vermutet, vor einer knappen Stunde.«
»Und wo hat das Schiff gelegen?«
»Zuletzt im Petroleumhafen zur Übernahme von Heizöl.«
»Das ist fast am Ende des Hafenbereichs. Da ist es schon ganz schön weit elbabwärts. Rufen Sie mal die Lotsenstation Seemannshöft an. Die müssen Ihnen sagen können, was Sie wissen wollen. Warten Sie, ich suche Ihnen die Nummer heraus.«
Ungeduldig wartete Ketterle, bis sein Gesprächspartner die Nummer durchgab. Er bedankte sich kurz und drückte nur mit der Hand die Gabel, ehe er von neuem wählte.
»Lotsenstation Seemannshöft«, meldete sich eine Stimme. Ketterle fragte nach der *Kettarah V* und richtete sich erleich-

tert auf, als der Mann antwortete: »Der Grieche aus dem Petroleumhafen. Ja, ich weiß Bescheid. Was ist mit dem Schiff?«
»Kriminalpolizei, Kommissar Ketterle«, sagte Ketterle zum x-tenmal an diesem Abend. »Einer von der Besatzung steht unter Mordverdacht. Ist der Dampfer schon ausgelaufen?«
Der Mann brauchte weder lange zu überlegen noch in Listen oder Registern nachzusehen. »Ja, gegen Viertel nach eins, halb zwei. Der Kapitän hat keinen Hafenlotsen in Anspruch genommen, sondern gleich den Elblotsen angefordert. Der Hafenlotse bringt die Schiffe aus den inneren Hafenbecken bis zum Seemannshöft und wird dann gegen den Elblotsen ausgetauscht, der die Schiffe den Strom abwärts führt.«
»Und wo geht der Elblotse wieder von Bord?« wollte Ketterle wissen.
»An der Lotsenstation Brunsbüttelkoog. Die Schiffe, die nach Kiel laufen, nehmen dann den Kanallotsen, und die, die nach draußen gehen, den Seelotsen. Der geht beim Feuerschiff Elbe I wieder von Bord und wartet auf den nächsten Einlaufenden.«
»Und wie lange braucht ein Schiff vom Seemannshöft bis nach Brunsbüttelkoog?«
»Das kommt auf das Schiff und das Wetter an. Sagen wir zwischen dreieinhalb und fünfeinhalb Stunden.«
»Nicht weniger?«
»Nein. Es gibt Geschwindigkeitsbegrenzungen auf dem Strom bis nach Brunsbüttelkoog.«
Ketterle warf einen Blick auf die Uhr über der Tür, deren großer Zeiger in diesem Moment eine Minute weiterrückte. Er zeigte jetzt genau auf Viertel nach zwei.
»Wenn das Schiff also um Viertel nach eins losgeworfen hat, dann kann es frühestens um Viertel vor fünf und spätestens um halb, dreiviertel sieben in Brunsbüttelkoog sein.«
»Ja, damit können Sie rechnen. Aber wissen Sie genau, was Sie auf dem Schiff wollen, Herr Kommissar?«
»Natürlich. Mit großer Wahrscheinlichkeit hat man ein

Mädchen auf den Dampfer gelockt, um es dort zu beseitigen. Nicht gerade als Zeugin, aber so ähnlich. Warum?«

»Wenn Sie das Schiff zurückhalten und durchsuchen, und Sie haben sich geirrt, oder der Verdacht erweist sich als unbegründet, dann wird die Reederei Schadenersatzansprüche gegen die Staatskasse erheben, und die können mitunter ganz schön happig sein.«

Ketterle nickte, ohne darauf einzugehen. »Also in Brunsbüttelkoog besteht die nächste und zugleich letzte Möglichkeit, einen Mann von uns an Bord zu bekommen, der dann wieder als letzte Möglichkeit bei Elbe I das Schiff verlassen könnte?«

»Ja, das ist richtig. Aber unseren Informationen nach läuft das Schiff zuerst noch Bremerhaven oder Bremen an, so daß Ihr Mann nicht gleich bis nach Afrika reisen müßte, wenn er beim Feuerschiff aus irgendeinem Grund nicht von Bord käme.«

»Danke«, sagte Ketterle. »Kann ich Sie in dieser Sache unter Umständen noch mal anrufen?«

»Natürlich«, antwortete der Mann in der Lotsenstation. »Im übrigen haben Sie Glück im Unglück. Brunsbüttelkoog meldet soeben beginnende Dunstbildung.«

Ketterle bedankte sich noch einmal und legte auf. »Wenn wir der kleinen Dicken glauben und davon ausgehen, daß der Kerl das Mädchen nicht mit Gewalt auf das Schiff gebracht hat, Hornschuh, dann muß ihr noch nichts passiert sein. Dann hat er ihr etwas vorgelogen. Liebe, Zukunftsaussichten oder so etwas Ähnliches. In diesem Fall wird er sie nicht unter Deck erdrosseln, wo er ein enormes Risiko läuft, bis er die Tote über Bord werfen kann. Er wird vielmehr irgendwann mit ihr nach oben gehen, um angeblich frische Luft zu schnappen, wahrscheinlich ans Heck. Da ist es am einfachsten. Und mit Sicherheit wird es auch außerhalb der Flußmündung passieren, und zwar nachts oder im Morgengrauen.«

»Wenn nicht unsere ganze Theorie auf tönernen Füßen

steht«, sagte Hornschuh, »dann ergibt sich die nächste Chance für unseren Mann also im Dunst des Morgengrauens zwischen der Elbmündung und dem Feuerschiff. Die übernächste erst morgen nacht, nach Verlassen der Wesermündung. Und da ist es für uns zu spät, wie?«

»Ja«, antwortete Ketterle. »So ist es. Und er wird die erste Gelegenheit wahrnehmen, das schwöre ich Ihnen. Wenn sie das Schiff in Bremen kontrollieren und das Mädchen nicht finden, so wird er sich sagen, dann können sie mir noch lange nichts nachweisen. Es wäre mehr als verwunderlich, wenn der Kerl diese Überlegungen nicht anstellen würde, denn sie enthalten für ihn eine reelle Chance. Genauso wie für uns. Wir müssen ein gewagtes und durchdachtes Spiel spielen, wenn wir das Mädchen vor dem Schlimmsten bewahren wollen. Wie lange brauchen Sie mit dem Auto bis nach Brunsbüttelkoog?«

»Ein bis zwei Stunden«, antwortete Hornschuh. »Wir müssen uns beeilen, wenn das noch klappen soll.«

»Sie wären bereit?« fragte Ketterle. »Dienstlichen Auftrag kann ich Ihnen dazu keinen erteilen.«

»Natürlich«, sagte Hornschuh und dachte an die Eltern von Jutta Krieschke, vor allem an die Mutter, der eine nochmalige Todesnachricht wahrscheinlich den Rest geben würde.

Im Gehirn des Kommissars dagegen begann der Gedanke vorzuherrschen, daß er möglicherweise kurz davorstand, den Mann zu fassen, der innerhalb von sechzehn Monaten vier Frauen beinahe unter seinen Augen erwürgt und nicht nur ihm, sondern Zehntausenden von Frauen und Mädchen schlaflose Nächte bereitet hatte.

Ja, er würde das tun, was er intuitiv für das richtige hielt, mit der beruhigenden Gewißheit im Hintergrund, daß es, selbst wenn es sich als Fehlgriff erwies, doch auf keinen Fall das falsche war. Er griff deshalb ohne Bedenken zum Telefon und wählte eine Nummer.

»Kommissar Ketterle«, sagte er, als er die unwirsche, schlaftrunkene Stimme seines Vorgesetzten vernahm. »Nummer fünf – so leid es mir tut, wenn wir nicht unverzüglich handeln.«

20

Sie hatte ihre momentane Panik niedergekämpft. So ungastlich es in ihrer jetzigen Behausung auch aussah, sie befand sich ja schließlich auf dem Weg in eine neue Zukunft. Morgen oder übermorgen würde Hendrik Maggus sie hier herausholen. Dann könnte sie mit ihm auf Deck sein und plaudern. Kein Kapitän würde ein solcher Unmensch sein, ein hübsches Mädchen wie sie für eine ganze Reise in einer Persenningkammer hausen zu lassen.

Es war ja alles nur vorübergehend, und Hendrik Maggus hatte ihr versprochen, in ein paar Stunden nach ihr zu sehen. Langsam steigerte sie sich in eine Stimmung, in der sie ihr Leben und ihre Zukunft so rosarot und freundlich sah wie bisher noch nie.

Die ungewohnten Geräusche des Hafens, die von draußen hereindrangen, trugen nicht zuletzt dazu bei, den Kontrast zwischen der muffigen Wohnung ihrer Eltern und dem, was jetzt greifbar vor ihr lag, zu verstärken. Sie verspürte Hunger, aber Hendrik Maggus hatte ja versprochen, ihr später etwas zu essen zu bringen, und im Augenblick konnte sie es noch gut aushalten.

Es herrschte nur eine furchtbar stickige Luft. Über Stapel modrig riechenden Segeltuchs stieg sie zu dem halb verborgenen runden Fenster, durch das der schwache Lichtschein ferner Lampen hereinfiel. Schließlich gelang es ihr, die mächtigen Schraubgriffe zu lösen und den quietschenden, schweren Rahmen zu öffnen. Erschrocken horchte sie, aber niemand hatte offenbar das Geräusch gehört, denn es blieb alles still.

Als sie durch das Fenster nach draußen sah, bot sich ihr eine trostlose Szenerie, und so beschloß sie, Hendrik Maggus' Ratschlag zu folgen und zu schlafen. Einen Moment lang schwankte sie, ob sie sich auskleiden und ihren Schlafanzug aus dem Koffer holen sollte, aber dann fand sie es abenteuerlich, an diesem ersten Abend angezogen zu schlafen, und kroch zwischen die Persenninge. Einmal hörte sie weit entfernt Männerstimmen und eine eiserne Tür, die zugeschlagen wurde. Dann war es wieder still, und nach einer Weile schlief sie ein.

Drei Decks über ihrem lag Hendrik Maggus noch immer auf seiner Koje, starrte an die Decke und zwang sich, in keinen kürzeren Abständen als alle fünfzehn Minuten auf seine Uhr zu sehen. Zuerst hatte er versucht zu lesen, aber die englischen und norwegischen Magazine interessierten ihn nicht, und außerdem war er zu nervös. Er hatte durch das geöffnete Kammerfenster gehört, wie nach und nach die anderen an Bord zurückgekommen waren, wie dann später die beiden Ölschläuche abgeflanscht wurden und Matrosen die durch die steigende Flut lasch gewordenen Haltetrossen nachstrafften.

Er tastete im Dunkeln nach einer neuen Zigarette. Vorerst jedenfalls war er sicher. Er hatte noch nicht alle Karten aus der Hand gegeben, und er würde es ihnen schon zeigen. Wie einen Rausch spürte er das Selbstgefühl durch seinen Körper strömen. Wenn schon alles andere schiefging, seine überlegene Körperkraft blieb ihm, Hendrik Maggus, strotzend vor Aktivität und Energie. Nur irgendwo in der Magengegend erstickte er zwei andere häßliche Worte, Hendrik Maggus, der Mörder, und Hendrik Maggus, der Lump.

Er wußte später nicht mehr, ob er eingeschlafen oder nur mit offenen Augen vor sich hin geträumt hatte, als er bei einem erneuten Blick auf die Leuchtziffern seiner Armbanduhr feststellte, daß es bereits nach eins war, und daran dachte, daß er sich jetzt an Deck und auf der Brücke sehen lassen müsse. Kurz darauf erinnerte ihn das heisere Stöhnen der Schleppersirenen daran, daß er Pflichten hatte.

Nachdem er angezogen war, beschloß er, sich sicherheitshalber davon zu überzeugen, daß sie nicht randalierte. In Mütze und Mantel stieg er hinunter zu dem Deck, tief im Schiffsrumpf, wo er sie untergebracht hatte. Er lehnte den Kopf an die Tür und horchte einige Sekunden lang. Sie schien zu schlafen. Er würde den Teufel tun, jetzt nachzusehen, ob sie wirklich schlief. Sie würde noch früh genug aufwachen.

Befriedigt kletterte er wieder nach oben, und das Gefühl, daß sie eingesperrt war und zu niemandem reden konnte, verlieh ihm eine angenehme Sicherheit. Diesmal war er um Haaresbreite davongekommen.

In den nächsten anderthalb Stunden tat Maggus, was auf dem auslaufenden Schiff seine Pflicht war. Als die beiden Schlepper neben dem Rumpf lagen, überwachte er das Festmachen der Stahltrossen an Bug und Heck. Später kontrollierte er unter anderem die vorschriftsmäßige Verkeilung der mächtigen Ladeluken. Als die Sirene zum Zeichen des Losmachens dreimal aufheulte, erschrak er und fürchtete, sie könnte das Mädchen aufgeweckt haben. Aber er konnte jetzt nicht von Deck.

Verbissen beaufsichtigte er das Loswerfen der Trossen. Achtern tat Vinzent, der Bootsmann, dasselbe.

Mit schäumendem Wasser unter dem Heck, das weißlich in der Dunkelheit aufbrodelte, begannen die Schlepper zu ziehen, und Zentimeter um Zentimeter entfernte sich der Rumpf der *Kettarah V* von der Kaimauer. Maggus, der es beobachtete, atmete tief auf. Langsam wurde das Schiff zum Ausgang des Hafenbeckens geschleppt, und er spürte das leise, kaum merkliche Vibrieren, als der Dok die Maschinen anlaufen ließ.

Schließlich erreichten sie die Fahrwassermitte. Wieder heulte das Horn einmal kurz und heiser auf, dann klatschten die Leinen, die Schlepper wendeten, und die *Kettarah V* begann aus eigener Kraft Fahrt aufzunehmen.

Gemächlich zogen die Ufer mit ihren erleuchteten Häuser-

zeilen, Werften und Lagerhallen vorüber. Unterhalb von Blankenese wurden sie dunkler und flacher, und bald markierte nur noch der Schein von Leuchtfeuern und das Aufblitzen von Bojen den Verlauf des Fahrwassers.
Luzifer und Wilkinson waren jetzt auf Stunden hinaus mit dem Lotsen oben auf der Brücke, um das Schiff aus der Elbmündung zu manövrieren. Farlow, der nach Brunsbüttelkoog die erste Brückenwache zu übernehmen hatte, lag in seiner Koje und schlief, und der Dok hatte bei seinen Maschinen zu tun. Also konnte Maggus unbemerkt nach unten gehen.
Jutta wachte davon auf, daß plötzlich durch das geöffnete Rundfenster eine scharfe, gleichmäßige Zugluft hereinwehte und das Stück Zeug, mit dem sie ihre Füße zugedeckt hatte, unablässig hochhob.
Schläfrig wühlte sie sich aus dem Segeltuch und kroch zum Fenster.
Dort draußen war es dunkel. Weit entfernt schob sich die Leuchtschrift auf dem Dach einer Fabrik vorüber und spiegelte sich schwach im schwarzen Wasser. Gleichzeitig vernahm sie ein Rauschen und beobachtete das weiße, unter dem Fenster herlaufende Schaumgebilde, das die Bugwelle aufwarf. Sie wunderte sich über die Stärke des Zugwindes, obwohl das Schiff so langsam fuhr, und drückte das Fenster zu.
In diesem Augenblick hörte sie, wie von außen der Schlüssel in das Türschloß geschoben wurde und die Tür sich öffnete. Gleich darauf spürte sie, daß Hendrik Maggus im Raum war. Nachdem er wieder zugesperrt hatte, tastete er umher und konnte sie zunächst nicht finden. Sie hörte das Knistern von Papier und das Zusammenstoßen von Glas.
»Schläfst du?« fragte er leise.
»Nein«, antwortete sie. »Der Wind hat mich aufgeweckt.«
»Warum hast du auch das Fenster geöffnet? Ich hätte es dir sagen sollen. Hast du Hunger? Ich habe dir Kekse und Bier mitgebracht.«

Er tastete wieder nach ihr.
»Hier bin ich. Am Fenster.«
»Jetzt kann ich dich sehen.« Er kroch zu ihr hinüber und schob ihr zwei große Schachteln Kekse und zwei Flaschen Bier hin. »Glas hab ich vergessen. Kannst du aus der Flasche trinken?«
»Ich habe keinen Durst, nur Hunger«, erwiderte sie und riß die Verpackung einer der Keksschachteln auf. Er hörte Papier rascheln und dann, wie sie kaute. »Ich bin mir darüber klargeworden, daß ich völlig verrückt bin«, sagte sie dazwischen.
Er spürte, wie Entsetzen ihn ergriff. »Warum?« fragte er heiser. »Du warst doch vorhin so guter Dinge. Warum bist du völlig verrückt?«
»Es ist komisch«, meinte sie und schob ein neues Keks in den Mund. »In der einen Minute sieht alles so rosig und glatt aus, als müßte ich jetzt nur mit dir nach Casablanca fahren, eine Existenz gründen und ein neues Leben anfangen, und in der nächsten scheint mir alles völlig unmöglich, aussichtslos und sinnlos. Ich habe keinen Pfennig Geld, keine Erfahrungen und kein Ziel. Das Gefühl, etwas satt zu haben und hinter sich zu bringen, genügt nicht, um klarzusehen, was man in Zukunft will. Wie hast du dir denn das alles vorgestellt?«
Maggus griff nach einer der Bierflaschen, öffnete sie am kantigen Messingring des Rundfensters, und während er einen langen Schluck nahm, überlegte er.
»Ihr wißt alle nicht, was ihr wollt«, sagte er und setzte die Flasche ab. Dann wischte er sich langsam mit dem Handrücken über den Mund.
»Wieso alle? Wie meinst du das?« wollte sie wissen.
Er starrte sie an. »Was sagen deine Eltern, wenn du einfach nicht mehr nach Hause kommst?«
Sie zuckte mit den Schultern. »Die werden sich schon das Richtige denken. Mein Vater bestimmt. Der hält es selbst schon lange nicht mehr aus. Der versteht mich am besten. Und meine Mutter spült es mit Gin runter.«
»Hast du dir mal überlegt, was du tätest, wenn deine Eltern

nicht glaubten, daß du davongelaufen bist, sondern, daß dir etwas passiert wäre?«
Sie schwieg einen Augenblick und sah ihn an. »Wieso?« sagte sie dann. »Das glauben sie nicht, und dazu besteht ja auch überhaupt kein Grund.«
»Aber nehmen wir es einmal an«, beharrte er auf seiner Frage. »Nehmen wir einmal an, es wäre ein totes Mädchen gefunden worden und man hielte das tote Mädchen für dich?«
Juttas Lachen klang plötzlich gezwungen. »Du willst mir nur angst machen.« Sie schwieg wieder einen Augenblick. »Manchmal fürchte ich mich vor dir, Hendrik. Sie würden doch nie im Leben eine andere für mich halten. So etwas gibt es doch gar nicht.«
»Es ist kaum zu glauben, was es alles gibt«, murmelte er.
»Was sagst du?«
»Nehmen wir es trotzdem einmal an«, wiederholte er ein drittes Mal und versuchte angestrengt, in der Dunkelheit ihr Gesicht zu erkennen.
»Dann würde ich ihnen sofort schreiben«, sagte Jutta unwillig. »Oder ein Telegramm schicken. Oder nach Hause fahren. Das ist doch klar.«
Maggus nickte vor sich hin. »Das würdest du also tun.«
»Ja. Was würdest du denn in einem solchen Fall tun?«
»Ich?« sagte Maggus. »Meine Eltern sind tot. Ich habe noch nicht darüber nachgedacht.«
»Und warum denkst du dann darüber nach, was ich in einem solchen Fall tun würde?«
Maggus antwortete nicht. Statt dessen hörte sie, daß er wieder trank.
»Wenn ich dich recht verstehe«, sagte er schließlich, »dann hast du vor der eigenen Courage Angst bekommen und willst nicht mit mir nach Casablanca fahren, sondern in Bremen wieder runter vom Schiff. So ist es doch, nicht wahr?«
Er spürte mehr, daß sie nickte, als daß er es sah.

»Du bist so ... so komisch. Ich weiß nicht recht, wie ich mit dir dran bin ... ich ...« Sie zuckte mit den Schultern.
»Und dann?« fragte er.
»Wieso dann? Wie meinst du das?«
»Was machst du dann, wenn du vom Schiff bist? Willst du wieder in die *Kaskade*? Glaubst du, daß die dich dort noch mal nehmen? Oder willst du in einen anderen Bumsladen, wo es genau das gleiche ist?« Er lachte hämisch, wie ein Mensch, der weiß, wie alles kommen wird, und im voraus Schadenfreude empfindet. »Ich sage dir, was du schon nach kurzer Zeit tun wirst.« Nach einem langen Zug aus der Flasche fuhr er fort: »Du wirst reumütig in die Markmannstraße zurückkehren, dich an Mutters Rockzipfel ausheulen, auch wenn sie säuft, und dir überlegen, was du jetzt noch anfangen kannst ... Das wirst du tun, so wahr ich Hendrik Maggus heiße, hahaha ...«
Sein Lachen klang in der engen Kammer dumpf und unfrei. Er erwartete, daß sie sagen würde: Sei still, sonst hört uns jemand. Aber noch während er darauf wartete, vernahm er ihr Schluchzen.
»Du bist mir auch die Richtige. Eine wie dich habe ich bis jetzt nur heulen hören, wenn es ums Geld ging.« Langsam schob er sich von dem Stoß der Persenninge, tastete mit den Füßen nach dem Boden und erhob sich. »Ihr seid alle gleich«, sagte er. »Ich habe euch alle satt, alle, verstehst du? Um keine einzige von euch ist es schade.« Er dachte an Mareen, an all die anderen, an Kat, an ... »Ich sehe dich noch, wie du gestern abend Geld von mir wolltest. Sonst nichts, nur Geld. Und warum bist du heute mit mir aufs Schiff gegangen? Ich will es dir sagen. Weil ich dir Geld geben, dir zu einer Existenz verhelfen, dich auf die Füße stellen kann. Nicht so viel hast du für mich übrig ...« Er schnippte verächtlich mit zwei Fingern. »Nicht so viel. Und jetzt hast du dir überlegt, daß das alles nicht so einfach geht. Jetzt spürst du, daß das deinen Einsatz als Mensch erfordert. Und jetzt hast du Angst vor deiner eigenen skrupellosen Courage.«

Er schwieg, und sie hörte ihn heftig atmen.
»Gut«, sagte er dann mit veränderter Stimme. »Es ist gut. In Bremen kannst du runter vom Schiff, wenn du dich bis dahin ruhig verhältst und niemanden auf dich aufmerksam machst. Sonst muß ich mich noch bei Luzifer verantworten. Und das alles nur wegen der verrückten Idee, einer wie dir auf die Beine helfen zu wollen.«
Er tastete nach der Tür und drehte sich noch einmal um, als er im Dunkeln ihre Stimme hörte. Sie war jetzt ganz ruhig, und kein Schluchzen unterbrach das, was sie sagte.
»Du bist ungerecht und verbittert, Hendrik. Ich weiß nicht, wie dein Leben verlaufen ist. Ich kann dazu nichts sagen. Nur eines kann ich dir sagen. Willst du wissen, was ich mit dem Geld gemacht habe, das du mir gestern abend gegeben hast?« Sie wartete auf seine Antwort, aber er schwieg. »Ich habe es Glowienka geschenkt«, fuhr sie deshalb fort. »Ich wollte es nicht haben. Ich wollte es von dir nicht haben, verstehst du?«
»Das kannst du jedem erzählen«, erwiderte er nach einer Weile und verließ die Kammer.
Da er Furcht hatte, in seiner Kabine mit sich und seinen Gedanken allein zu sein, stieg er hinauf zum Brückenaufbau und warf sich im Kartenhaus in dem abgeteilten Schlafraum auf die harte Pritsche.
Dort lag er immer noch, als sie nach einer weiteren guten Stunde Glückstadt passierten.

21

Ketterles Anruf in der Wohnung von Kriminaldirektor Siebeck hatte mit erstaunlicher Geschwindigkeit alle Hebel in Bewegung gesetzt. Ketterle hatte seinem Chef in knappen Worten mitgeteilt, was er seit neun Uhr abends erlebt und welche Schlüsse er daraus gezogen hatte.

»Es sind Schlüsse, die bisher jeder Untermauerung entbehren«, hatte er gesagt, »aber sie haben einen so hohen Grad von Wahrscheinlichkeit für sich, daß ich mich wundern würde, wenn wir den Kerl bis morgen früh nicht geschnappt hätten, vorausgesetzt, wir erreichen das Schiff noch, und vorausgesetzt, er merkt dann nicht, daß wir hinter ihm her sind.«

»Sie wissen natürlich«, hatte Dr. Siebeck erwidert, »daß Ihre Verdachtsmomente bei weitem nicht ausreichen, um das Schiff amtlich anzuhalten und zu durchsuchen.«

»Ja. Ein solches Vorgehen würde außerdem die Gefahr für das Mädchen nur erhöhen. Wir werden einen anderen Weg einschlagen, und Hornschuh verhandelt bereits vom Nebenapparat aus mit den entsprechenden Stellen. Das wichtigste wäre im Augenblick, daß es Ihnen gelingt, ein Boot der Marine, der Wasserschutzpolizei oder vom Zoll für uns zur Verfügung zu bekommen, das den Dampfer vom Auslaufen aus der Elbmündung bis zum Tagesanbruch, am besten natürlich bis Bremerhafen oder Nordenham im Auge behalten kann.«

»Gut«, hatte Dr. Siebeck gesagt. »Ich werde alles versuchen. Ich denke, wenn sie hören, worum es geht, werden sie ihre Vorschriften einmal über Bord werfen und uns helfen. Schön, das wäre also das. Und Ihr einziger Anhaltspunkt ist die Verbindung, die Sie von der Rühl über die Mellrich zur Krieschke und zu Klapprodt herstellen, und die Anwesenheit der *Kettarah V* im Hafen am Tage des Todes der Rühl und gestern?«

»Ja.«

»Eine Kombination, die ebenso locker wie – ich gebe es zu – verführerisch ist. Ich hätte sie, wenn ich darauf gekommen wäre, wahrscheinlich auch für die richtige gehalten.«

Bei allen Schwächen seines Vorgesetzten hatte Ketterle seine Ehrlichkeit stets besonders geschätzt. Und Dr. Siebeck seinerseits kannte, seitdem er im Amt war, und vom Hörensagen auch schon vorher, die Marotten, sonderbaren Wege

und plötzlichen Einfälle des Kommissars und wußte aus Erfahrung, daß es sich meistens lohnte, wenn man ihm keine bürokratischen Knüppel zwischen die Beine warf.
»Ich rufe zurück«, sagte Dr. Siebeck jetzt. »Sobald ich ein Boot habe, verständige ich Sie. Am besten warten Sie auf Revier 10.«
Nachdem er aufgelegt hatte, zündete sich Ketterle eine Zigarre an. Jetzt konnte er nur noch warten. Und das fiel ihm nicht leicht, denn das Schiff, das er jagte, lief jetzt bereits seit einer Stunde und zwanzig Minuten elbabwärts.
Hornschuh kam zur Tür herein und griff nach Hut und Mantel.
»Alles klar«, sagte er hastig. »Ich fahre jetzt los. Rufen Sie bitte noch meine Frau an. Es ist ja möglich, daß es länger dauert.«
»Fahren Sie vorsichtig«, mahnte Ketterle. »Diesmal hängt nicht nur Ihr Leben davon ab, daß Sie heil hinkommen.«
»Keine Sorge«, sagte Hornschuh, schon halb aus dem Zimmer, und Ketterle griff zum Telefonhörer, um Grete Hornschuh mitzuteilen, daß ihr Mann bis wahrscheinlich morgen mittag einen Auftrag habe. Was er wirklich tat, beschloß er wohlweislich, ihr zu verschweigen. Er lächelte, als er die weiche, verschlafene Stimme am Telefon hörte. Eine Sekunde lang dachte er daran, wie schön es sein müsse, eine Frau zu haben, die sich um einen sorgte.
Unterdessen war es für Hornschuh eine Höllenfahrt. Zwar waren die Straßen um diese Zeit auch in der Stadt schon weniger belebt und die Bundesstraße über Pinneberg hinauf nach Itzehoe sogar leer, aber er hatte seit beinahe vierundzwanzig Stunden kein Auge zugetan. Die weißen Balken des Mittelstreifens, die unter seinen Wagen rasten, bohrten sich als schmerzhafte Pfeile in seine Netzhaut, und die grellen Begrenzungsstrahler am Straßenrand blendeten. Manchmal tauchten Nebelschwaden auf, und er mußte die Geschwindigkeit herabsetzen.
Von Zeit zu Zeit dachte er daran, ob er das Schiff, das sich

links neben ihm irgendwo auf dem Strom befand, schon überholt hatte. Um kurz nach vier fuhr er durch das schlafende Itzehoe und bog bald darauf halb links, dem Schild *Brunsbüttelkoog 38 km* folgend, in Richtung Fluß ab.
So sehr er auch aufs Gas drückte, wenn die Verhältnisse es erlaubten, es wurde kurz nach halb fünf, bis er in der bleiernen Dunkelheit des Novembermorgens die ersten Häuser, Werkshallen und Schlote der Stadt ahnte und seinen Weg hinaus zur Lotsenstation gefunden hatte. An den hell erleuchteten Fenstern und den geheimnisvollen Antennenmasten erkannte er, daß er sein Ziel erreicht hatte, und als er den Wagen verließ, blies ihm ein salzig schmeckender Nordwest ins Gesicht.
Undeutlich nahm er die massigen Schatten von Schiffen wahr, die auf ihren Lotsen oder auf das Einlaufen in die mächtige Schleuse des Nord-Ostsee-Kanals warteten. In regelmäßigen Abständen gab drüben an der Küste von Kehdingen die Kette der Leuchtfeuer Lichtsignale.
»Das Schiff ist noch nicht durch«, sagte der Mann, bei dem Hornschuh sich schließlich meldete. »Sind Sie der Herr aus Hamburg?«
Hornschuh bejahte.
»Hübsches Ding, das Sie sich da rausgesucht haben. Waren Sie schon einmal auf einem Seeschiff?«
»Auf der *Wappen von Hamburg*«, sagte Hornschuh trocken. »Nach Helgoland.«
»Das ist etwas anderes. Die *Kettarah V* hat fast viertausend Tonnen. Sie können auf so einem Schiff genausogut einen Floh suchen wie einen Menschen, wenn Sie kein Seemann sind.«
Hornschuh wußte es. Er mußte sich auf sein Glück verlassen und auf die schwankende Theorie, die sein Chef aufgestellt hatte. Immer wieder hielt er sich vor Augen, daß das, was er tat, das einzige war, was überhaupt getan werden konnte.
Später standen sie auf der Krone des Deichs und suchten den oberen Stromlauf mit dem Nachtglas ab. Die Kontur

eines Schiffes mit angestrahltem gelben Schornstein und gedrungenen Aufbauten wurde sichtbar.
»Zu modern«, sagte der Mann und stellte sein Glas schärfer ein. »Es ist ein Frachter von der *Oldenburgisch-Portugiesischen.* Aber dahinter, sehen Sie ... ein grünes Positionslicht, eine Buglampe und ein paar erleuchtete Bullaugen ... Wenn sie das ist, müssen wir den Funkspruch jede Minute haben.« Sie stiegen die feuchte, steile Grasnarbe des Deichs hinunter und gingen durch die Dunkelheit hinüber zu den Gebäuden der Station. Der Mann mit dem Funkspruch kam ihnen schon entgegen.
»Kapitän an Lotsenstation. *Kettarah V,* Piräus, 3800 Tonnen mit Kurs offene See, ersucht um Seelotsen.«
Hornschuh atmete tief durch. Nun war es soweit. Jetzt hing es nur noch von ihm und seinem guten Stern ab, ob die Familie in der Markmannstraße in Rothenburgsort ein weiterer Schlag traf, der ihr endgültig das Genick brach, oder nicht. Der Mann, der sich um ihn gekümmert hatte, brachte ihm einen der Ölmäntel heraus, wie sie die Lotsen trugen, und einen Schal. Hornschuh zog beides an. Dann trat ein anderer Mann aus der Tür.
»Mit diesem Herrn hier gehen Sie an Bord«, sagte Hornschuhs Begleiter. »Ich wünsche Ihnen Hals- und Beinbruch.«
Hornschuh bedankte sich und folgte dem anderen Mann hinunter zur Brücke. Die Barkasse, die sie zum Schiff bringen sollte, wartete bereits mit laufendem Motor. Sie sprangen auf das Boot und blieben auf dem Verdeck stehen, denn das Wetter war verhältnismäßig ruhig.
Hornschuh wunderte sich, daß der Mann am Steuer scheinbar völlig ziellos in die Dunkelheit hineinfuhr. Aber dann war plötzlich ein Schatten vor ihnen, ein paar vereinzelte Lichter. Die Barkasse machte einen Bogen, und kurz danach sahen sie die Bordwand der *Kettarah V* vor sich, an der schwach sichtbar eine Jakobsleiter baumelte.
Knirschend preßte sich die Barkasse an den Schiffsrumpf. Von oben kamen Stimmen, dann turnte ein Mann die Leiter

herunter, sprang in das Boot und hob grüßend die Hand. Hornschuhs Begleiter nickte und griff in die Sprossen. Hornschuh folgte ihm und stand in wenigen Augenblicken an Bord der *Kettarah V.* Unten rauschte die Barkasse davon. Jemand zog klappernd die Jakobsleiter nach oben, und Hornschuh sah sich um. Er blickte direkt in Wilkinsons Augen.
»Mein Kollege muß mit hinaus zum Feuerschiff. Sie haben einen zuwenig für Einlaufende.«
Wilkinson nickte. Es kam oft vor, daß zwei oder drei Lotsen mit einem Dampfer hinausfuhren zur letzten Station, wenn mehr Schiffe einliefen, als ursprünglich gemeldet waren, insbesondere bei aufkommendem Sturm, wenn Dutzende von Dampfern in den Flußmündungen Schutz suchten. Und dennoch sah Wilkinson dem zweiten Mann, der jetzt zur Brücke hinaufging, mit gemischten Gefühlen nach. Für ihn war jeder, der auf dem Schiff herumlief, ohne eine bestimmte Funktion zu haben, ein Schnüffler.
Oben betraten der Lotse und Hornschuh das Ruderhaus. Hornschuh sah die Kapsel des Kreiselkompasses und das unruhig flimmernde grünliche Kreisen des Radarstrahls, der sich auf Luzifers Gesicht widerspiegelte.
»Ersatzmann für draußen«, wiederholte der Lotse, und Luzifer nickte nur.
»Let's go«, sagte er dann und räumte dem Lotsen seinen Platz.
»All right«, erwiderte der Lotse. »Halbe Kraft voraus.«
Der Zeiger an der matt erleuchteten Skala schlug ruckartig zurück und wieder vor. Der Dok hatte das Kommando verstanden. Langsam nahm das Schiff seine Fahrt wieder auf.
Hornschuh sah den Männern auf der dämmrigen Brücke zu, wie sie schweigsam und routiniert ihre Arbeit verrichteten. Jede Sekunde brannte ihm dabei auf den Nägeln. Schließlich trat er zu Luzifer.
»Kann ich Sie eine Minute unter vier Augen sprechen, Sir?«
Luzifer wandte seinen Kopf zu ihm um. *»Sure«*, sagte er dann und ging voraus ins Kartenhaus. »Was gibt es?«
»Ich bin von der Kriminalpolizei Hamburg«, begann Horn-

schuh, und Luzifer horchte unangenehm berührt auf. »Auf Ihrem Schiff befindet sich mit größter Wahrscheinlichkeit ein Mädchen . . .«

Luzifer verzog das Gesicht. »Sie irren sich. Auf diesem Schiff gibt es keine Frauen.«

». . . und ein kaltblütiger Mörder«, vollendete Hornschuh seinen Satz.

Luzifer kniff die Augen zu schmalen Schlitzen zusammen. »Auf diesem Schiff gibt es eine Menge Leute, die in ihrem Leben nicht alles richtig gemacht haben. Wie wir alle. Aber keinen Mörder. Und keine Frau.«

»Ich kann Ihnen keinen Beweis liefern und keine Namen nennen. Außer den Namen des Mädchens. Jutta Krieschke. Wir müssen das Mädchen finden.«

»Wollen Sie das Schiff von oben bis unten durchsuchen?« fragte Luzifer.

»Dann hätten wir Sie innerhalb der Dreimeilenzone festhalten lassen«, sagte Hornschuh.

Luzifer warf einen Blick auf das leise tickende Chronometer. »Die haben wir in diesem Moment hinter uns«, knurrte er. »Was wollen Sie also tun?«

Hornschuh zögerte einen Augenblick. »Geben Sie mir bis Bremen freie Hand auf Ihrem Schiff. Und behalten Sie vor Ihrer gesamten Besatzung für sich, was ich Ihnen gesagt habe. Jedes Wort kann dem Mädchen das Leben kosten.«

Luzifer überlegte schweigend. Dabei rieb er sich das eckige Kinn. Sie hörten das leise Ticken des Chronometers und manchmal ein Räuspern oder ein Wort aus dem Ruderhaus oder das kurze Surren der Steuerautomatik, wenn der Mann am Ruder den Kurs des Schiffes korrigierte. Irgendwo in der Ferne rauschte ein Entlüfter.

»Und wenn Sie kein Mädchen finden?« sagte Luzifer schließlich. »Ich meine . . .«

»Ich verstehe, Sir«, erwiderte Hornschuh. »Wenn wir kein Mädchen finden, dann gibt es auch keinen Mörder. Wenigstens nicht auf Ihrem Schiff.«

Luzifer nickte. »Ja, das meine ich. Ich nehme nicht an, daß Sie Hirngespinsten nachjagen.«
»Das nicht, aber wir haben keine Beweise. Und vor allem kennen wir den Namen des Mannes nicht, den wir suchen. Wir müssen das Mädchen finden. Darauf kommt es an.«
»Wenn das Schiff, seine Ladung und sein Fahrplan«, sagte Luzifer nach einer Weile, »in keiner Weise durch Ihre Tätigkeit beeinträchtigt werden, können Sie sich von mir aus frei bewegen. Andernfalls werde ich von allen rechtlichen Möglichkeiten Gebrauch machen.«
»Okay. Ich danke Ihnen, Sir.«
Luzifer nickte erneut, und sie gingen wieder nach vorne ins Ruderhaus, von wo aus Hornschuh unauffällig über die eiserne Brückentreppe nach unten verschwand.
Die Trennwand im Kartenhaus diente lediglich dazu, die einfache Schlafgelegenheit gegen das grelle Licht der Schwenklampen über der Seekarte abzuschirmen. Die Schlafnische war kein besonderer Raum. Auf der Pritsche, die dort in die Wand eingelassen war, schlug Hendrik Maggus seine Decke zurück und setzte sich auf. Wenige Sekunden blieb er so, dann zog er seine Schuhe an und verließ lautlos durch die rückwärtige Tür den Brückenaufbau.

22

Nachdem Maggus die Heizerkammer verlassen und ebenso sorgfältig versperrt hatte wie beim erstenmal, hatte Jutta Krieschke lange in der Dunkelheit vor sich hin gestarrt. Es hatte ihr wohl getan, ihm zu sagen, daß er sich in ihr täuschte, und es hatte vor allem zu ihrer eigenen Klarheit beigetragen. Der Weg, den sie in ihrer Verzweiflung versucht hatte zu gehen, war auch kein Ausweg. Von dem, was Hendrik Maggus in seiner Verbitterung und in seinem Haß so unbeherrscht herausgestoßen hatte, war eines richtig. Sie würde tatsächlich nach Hause zurückkehren und von vorne anfangen. Das einzige, was sie wunderte, war, wieso er das mit einer solchen Sicherheit vorhersagen konnte. Bei dieser Überlegung tastete sie erneut nach der Kekspackung, öffnete sie raschelnd und biß in den mürben Teig.

Sie hatte noch nie Gelegenheit gehabt, so gründlich über sich, ihr Leben und ihre Eltern nachzudenken wie hier in dieser dunklen, muffig riechenden Kammer. Als sie wieder auf dem Segeltuchstoß lag, kam ihr zum erstenmal der Gedanke, daß es wahrscheinlich ihre Sache war, sich einzusetzen und zu versuchen, zu Hause etwas zu bessern. Ihr Vater war von den langen, mühseligen Jahren zermürbt. Sie noch nicht. Deutlich empfand sie in diesem Augenblick, daß es schäbig war, zu kapitulieren und davonzulaufen. Befriedigt von ihrem Entschluß, nahm sie sich vor, das nächstemal, wenn Hendrik nach ihr sah, ganz offen mit ihm zu reden.

Später bemerkte sie, daß die Maschine gestoppt worden war. Ein anderes Schiff schien draußen an der Bordwand entlangzuscheuern. Sie hörte Stimmen, und ein Lichtstrahl huschte über die Decke der Kammer. Dann war es wieder still, und nach einiger Zeit spürte sie erneut das vertraute Vibrieren, das ihr anzeigte, daß das Schiff wieder fuhr.

Sie hörte das Geräusch des Schlüssels wie von fern, schon halb im Eindämmern.

»Bist du es?« fragte sie, als die Tür nicht wie sonst von innen wieder abgeschlossen wurde.

»Ja«, antwortete Hendrik Maggus heiser.

Sie richtete sich auf.

»Ich wollte ... ich möchte dich etwas fragen ...« sagte er. »Willst du nicht ein bißchen frische Luft schnappen? Ich meine ... wir könnten jetzt ... am Achterdeck ist jetzt niemand, und hier ist es so stickig.« Er schwieg einen Augenblick. »Und ich möchte dich noch etwas fragen«, fuhr er dann fort.

An Stelle einer Antwort hörte er sie von den Persenningen

rutschen und nach ihrem Mantel suchen, mit dem sie sich zugedeckt hatte.

»Wir müssen nur leise sein«, murmelte er. »Geh hinter mir her, und mach keinen Lärm.«

Er führte sie durch menschenleere, schwach erhellte Korridore, an deren Decken Leitungen und Druckrohre entlangliefen, nach hinten. Es ging um Ecken und über Treppen und schließlich in einem engen Schacht über eine eiserne Leiter nach oben.

Maggus stieß eine Luke auf, und dann spürte Jutta kalte Luft. Sie standen auf dem Achterdeck der *Kettarah V.* Die Masten und Schornsteine zeichneten sich gegen den dunklen Himmel ab. Winschkästen, rauschende Entlüfter und die Ladeluke verbargen die Mittelaufbauten. Hinten sah sie das Halbrund der Reling am Heck, das Hilfsruderhaus als schwarzen, konturlosen Kasten und den Flaggenstock, der schräg in die Dunkelheit zeigte. Außer dem Rauschen des Kielwassers war kein Laut zu vernehmen.

Maggus führte sie zum Heck. Jutta schlug den Mantelkragen hoch und hakte sich bei ihm unter. Sie beugten sich nebeneinander über die Reling. Silbrig phosphoreszierend schoß das Kielwasser breit und aufgewühlt unter dem Heck hervor und verlor sich als gerade Straße hinter ihnen in der Dunkelheit.

Jutta legte vertrauensvoll die Hand auf Maggus' Schulter.

»Was wolltest du mich fragen, Hendrik?«

Hendrik Maggus machte nicht die kleinste Bewegung, und dennoch zog jemand die Hand des Mädchens von seiner Schulter.

»Gehen Sie rasch weg, Fräulein Krieschke. Gehen Sie ganz schnell weg. Da, nach vorne. Keine Panik. Aber gehen Sie.«

Sie stieß einen kleinen, erschrockenen Schrei aus und fuhr herum. Den Mann konnte sie nur undeutlich erkennen.

»Gehen Sie schon. Schnell«, sagte er noch einmal, ohne seine Stimme zu heben, aber mit so beängstigender Eindringlichkeit, daß sie schließlich gehorchte.

Hendrik Maggus blieb mit verschränkten Händen über die Reling gebeugt.
»Geben Sie auf«, sagte Hornschuh. »Es ist zu spät.«
»Was werfen Sie mir vor?« fragte Maggus, ohne den Kopf zu drehen.
»Das erfahren Sie schon noch. Kommen Sie jetzt.«
»Ob Sie es glauben oder nicht, ich hätte mich in spätestens einer Stunde ohnehin bei Ihnen gemeldet.«
»Das ist das erste von den Dingen, die ich Ihnen nicht glaube«, erwiderte Hornschuh. »Kommen Sie jetzt.« Er ließ Hendrik Maggus vorangehen. »Zur Brücke«, sagte er und war froh, daß sie von der gefährlichen Reling weg waren. Vorne am Winschkasten sah er das Mädchen stehen und forderte es auf, mitzukommen.
Hintereinander erklommen sie die steile Brückentreppe und betraten das Ruderhaus, in dem sich die Köpfe zu ihnen wandten.
»Geben Sie Ihre Hände her«, befahl Hornschuh Maggus, der sich wortlos umdrehte und sie ihm hinhielt, bis sich die Handschellen schlossen.
»So, Sie sind das, Mr. Maggus.« Luzifer schüttelte den Kopf. »Das hätte ich nicht gedacht.«
»Ich bin Ihnen zu Dank verpflichtet, Sir«, sagte Hornschuh. Dann drehte er sich zu Jutta Krieschke um. »Bedanken Sie sich auch beim Kapitän, Fräulein Krieschke. Aber vermutlich wissen Sie gar nicht, daß Sie ein unfaßbares Glück gehabt haben.«
Jutta hatte die Hände in die Manteltaschen geschoben und sah von einem der Männer zum anderen. Als sie die Handschellen an Maggus bemerkte, begann sie lautlos zu weinen.
»Der Herr ist von der Polizei«, versuchte der Lotse sie zu beruhigen. »Sie brauchen keine Angst mehr zu haben.«
»Ich weiß nicht, ob es geklappt hat, Sir«, sagte Hornschuh zu Luzifer, »aber wenn es dem Kommissar gelungen ist, folgt uns ein Boot. Können Sie das Schiff beleuchten und für ein paar Minuten stoppen?«

Der Kapitän zeigte auf den Lotsen. »Ich habe hier im Augenblick nichts zu sagen. Wenden Sie sich an diesen Herrn.«
»Beide stopp. Beide halbe Kraft zurück«, rief der Lotse. »Lassen Sie am besten alle Lampen einschalten, Mr. Lasseidas.«
Luzifer gab einen entsprechenden Befehl, und kurz darauf flammten alle Decklampen und die mächtigen Sonnenbrenner an den Salingen der Masten auf, und die *Kettarah V* lag festlich erleuchtet mitten im Fahrwasser.
Gespannt schauten die Männer nach hinten, wo ein schlanker Schatten auftauchte und mit weißschäumender Bugwelle neben dem Schiff herlief, bis es keine Fahrt mehr machte.
Man verständigte sich mit dem Zollkreuzer durch das Sprachrohr. Die Jakobsleiter wurde an Backbord heruntergelassen, und schon nach wenigen Minuten lag das schlanke, schlingernde Boot längsseits.
Hornschuh nahm Hendrik Maggus die Handschellen ab und warf sie hinunter auf das Boot. Dann schlang er eine Leine um dessen Brust, verknotete sie und wies ihn an, auf das Boot hinabzuklettern.
»Wenn wir ihn schon verhaftet haben, wollen wir auch alles wissen«, sagte er zu Luzifer, der es sich nicht hatte nehmen lassen, mit ans Schanzkleid zu kommen. »Ein Sprung ins kalte Wasser genügt nicht für vier Frauen und einen Mann.«
Unten band man Maggus los. Als nächste kletterte Jutta hinunter, und den Schluß bildete Hornschuh. Als er an Deck sprang, stand dort Ketterle, legte ihm eine Hand auf die Schulter und rüttelte sie freundschaftlich. Das hatte Hornschuh noch nie erlebt.
Hinter ihm wurde die Jakobsleiter hochgezogen. Sie blickten sich um. Die Bordwand rückte weg, und der Kreuzer wendete stampfend. Bald sah das erleuchtete Schiff aus wie ein entfernter Tanzpalast. Dann erloschen die Lichter. Für Luzifer war die Angelegenheit erledigt.
»Hat er Widerstand geleistet?« fragte Ketterle, während sie den Niedergang zur Messe hinabturnten.

»Nein«, sagte Hornschuh nachdenklich. »Nicht im geringsten. Ich hatte sogar den Eindruck, daß er in gewisser Weise froh war. Es ging eigentlich alles sehr einfach. Sie hatten recht, ich erwischte sie am Heck.«
Sie hatten Maggus wieder die Handschellen angelegt und ihn in der Schlafkammer des Maschinisten festgesetzt.
»Haben Sie etwas dagegen, wenn wir ihn gleich vernehmen?« fragte Ketterle den Kommandanten des Kreuzers. »So direkt unter dem Eindruck der Verhaftung erfährt man oft am meisten.«
Der Kommandant stellte die kleine Messe zur Verfügung. Hornschuh lieh sich Bleistift und Papier.
»Gehen Sie bitte nach hinten in die Küche oder hinauf auf die Brücke«, sagte Ketterle zu Jutta Krieschke, die immer noch mitten in dem niederen Raum stand.
»Kann ich nicht hierbleiben?« fragte sie.
»Was hier verhandelt wird, ist nichts für Ihre Ohren, Fräulein.«
»Was hat er denn getan?« wollte sie wissen.
Ketterle und Hornschuh sahen sich an.
»Gehen Sie schon«, sagte Ketterle dann. »Wir haben später noch Zeit, uns zu unterhalten. Und danken Sie Ihrem Schöpfer, daß Sie Klapprodt die Wahrheit über Ihr Leben erzählt haben.«
Das Mädchen starrte ihm wortlos ins Gesicht.
»Gehen Sie schon«, sagte Ketterle noch einmal mehr freundschaftlich als befehlend, und einer der Männer vom Boot schob sie den Niedergang hinauf.
»Kommen Sie, Fräulein. Eine Morgenstimmung auf einem Zollboot – das erleben Sie so bald nicht wieder.«
Ketterle wandte sich Hendrik Maggus zu, den Hornschuh in die Messe gebracht hatte. Er rieb sich das unrasierte Kinn, und um seine Mundwinkel zeigten sich tiefe Falten. Aber seine Augen waren wach. Zu sehr hatte er seit sechzehn Monaten diesem Moment entgegengefiebert. Als erstes fragte er Maggus nach seinem Namen und seinen Lebensumstän-

den. Er erfuhr, daß er vor sechsunddreißig Jahren in dem norwegischen Küstendorf Ronningsbakken im Verwaltungsbezirk Trondheim geboren worden war, wo seine Eltern einen Laden für Fischereibedarf unterhalten hatten. Und er erfuhr auch von seinem Erlebnis mit Mareen, das sein Verhältnis zu Frauen geprägt hatte. Schließlich schilderte Maggus seinen beruflichen Werdegang bis zum Erwerb des Steuermannspatents. Hornschuh schrieb alle seine Angaben gewissenhaft mit.
»Wollen Sie alles bestreiten oder die Wahrheit sagen?« fragte Ketterle schließlich und beobachtete das Gesicht des Mannes ihm gegenüber. Die Antwort überraschte ihn.
»Wenn ich dem Mädchen«, Maggus blickte nach oben zur Brücke, wo sich Jutta befand, »noch eine Frage stellen darf, werde ich die Wahrheit sagen.«
»Was wollen Sie das Mädchen fragen?«
»Sie werden es ja hören.«
Ketterle und Hornschuh sahen sich an.
»Bestehen Sie wirklich darauf?« fragte Hornschuh und legte seinen Bleistift auf den Tisch.
»Ich bestehe darauf. Es ist wichtig.«
Noch ein paar Sekunden schwankte Ketterle, dann gab er Hornschuh ein Zeichen.
»Holen Sie das Mädchen.«
Jutta Krieschke tastete sich den Niedergang herunter. Ihr Gesicht war ernst und zeigte Tränenspuren.
»Er will Sie etwas fragen«, sagte der Kommissar und lehnte sich auf der Polsterbank zurück.
Jutta blieb vor dem Tisch stehen.
Maggus hatte die Ellbogen auf die Knie gestützt und sah zu ihr hoch. »Erinnerst du dich, daß ich dir sagte, ich wollte dich etwas fragen, als ich dich vorhin an Deck holte?«
Jutta nickte. »Ja.«
»Darf ich dich das jetzt fragen?«
»Natürlich«, antwortete Jutta. »Ich wollte es doch schon vorhin wissen, aber die haben uns ja unterbrochen.«

Ketterle schüttelte unwillig den Kopf.
»Hören Sie . . .« begann Hornschuh.
»Unterbrechen Sie ihn nicht«, fuhr ihm Ketterle ins Wort und sah gespannt in das Gesicht des Mannes.
»Das, was du da gestern gesagt hast«, murmelte Hendrik Maggus kaum verständlich und stockend, »bevor ich wieder nach oben ging, erinnerst du dich?«
Jutta nickte wieder. »Ja. Ganz genau.«
»Wolltest du damit sagen, daß du wirklich was für mich übrig hast?«
»Ja«, antwortete Jutta, ohne zu zögern. »Das wollte ich. Und daran hat sich auch nichts geändert. Können Sie ihm nicht endlich diese Dinger abnehmen?«
Ketterle griff sich an den Kopf, und man konnte der Bewegung nicht ohne weiteres entnehmen, an wessen Verstand er in diesem Augenblick zweifelte.
»Nein, das kann ich nicht. War das alles?« fragte er Hendrik Maggus dann.
»Ja«, murmelte Maggus. »Ich bin bereit, auszusagen.«
»Gehen Sie wieder auf die Brücke«, sagte Hornschuh zu Jutta. Das Mädchen weigerte sich nicht.
»Also«, begann Ketterle. »Erleichtern Sie Ihr Gewissen. Senta Wenigmann . . .?«
Hendrik Maggus sah ihn an und schwieg. Dann zuckte er mit den Schultern.
»22. Februar vorigen Jahres«, sagte der Kommissar und beugte sich vor. »Wo waren Sie an diesem Tag?«
Hendrik Maggus überlegte. »In Port of Spain«, antwortete er dann. »Warum?«
Ketterle strich sich mit der Hand über den Kopf. »Anne Brosczinsky? 3. März vorigen Jahres? Waren Sie da auch in Port of Spain?«
»Nein«, antwortete Hendrik Maggus nach kurzem Zögern. »In Villa Real di San Antonio an der Südküste Portugals. Das ist alles nachweisbar. Was wollen Sie denn mit diesen Namen und Daten?«

»Und am 14. Dezember des vorigen Jahres? Wo waren Sie da? In Sydney? Oder in Kapstadt?«
»Nein, in Hamburg.«
»Kat Rühl«, sagte Ketterle kaum hörbar.
»Kat Rühl«, murmelte Hendrik Maggus. »Ja, das ist es.«
Ketterle lehnte sich jetzt zurück und behielt das Gesicht des Mannes scharf im Auge.
»Und Gerda Mellrich? Vorgestern? Am Billhafen? Ist es das auch?«
Hendrik Maggus nickte. »Ja«, sagte er dann. »Aber das war nicht meine Schuld. Ob Sie es mir glauben oder nicht, es war ein Unfall. Sie rannte weg, weil sie Angst hatte. Ich wollte sie zurückhalten. Aber es war schon zu spät.«
»So, ein Unfall.«
Ketterle wußte in diesem Augenblick noch nicht, daß Dr. Stöckels Untersuchungen die Aussage des Mannes stützten. Er war noch am Samstag nachmittag zu der Überzeugung gelangt, daß das Mädchen nicht erstickt, sondern ertrunken war, und hatte auch die großflächige Schürfwunde am Rist des rechten Fußes in seinen Bericht aufgenommen, die sich mit dem an dieser Stelle zerrissenen Strumpf deckte. Später vor Gericht erhöhte der Umstand, daß Hendrik Maggus diese Einzelheiten bei seiner ersten Vernehmung noch gar nicht kennen konnte, die Glaubwürdigkeit seiner Darstellung. Im Augenblick allerdings stand der Kommissar dem, was er sagte, mehr als skeptisch gegenüber.
»Und das mit der Rühl? War das dann auch ein Unfall?«
»Nein«, antwortete Maggus. »Das war anders. Ich kann es Ihnen erzählen, wenn Sie wollen.«
»Ja, das will ich.«
»Sehen Sie«, sagte Maggus, »das war genau wie mit der Kleinen da oben ...« Sein Kopf machte wieder eine Bewegung zur Decke der Kajüte, über der sich die Brücke befand. »Ich lernte sie kennen. Sie war nett zu mir. Sie habe was für mich übrig, sagte sie, und dann nahm sie mich mit nach Hause. Ich bin nicht gerade von gestern, Herr Kommissar. Ich weiß

die Mädchen schon zu unterscheiden. Aber die Kat war anders als die gewöhnlichen. Vielleicht hat sie es auch satt, dachte ich. Vielleicht braucht sie jemanden, der sich um sie kümmert. Sie war ein netter Kerl, so ... wie soll ich sagen ...? Na, eben nett und interessierte sich und fragte mich nach meinem Leben. Na, und dann redete ich eben und redete und redete, und ehe ich mich's versah, war ich am Einschlafen. Wir hatten getrunken, geraucht, na ja, Sie wissen schon. Ich bin nicht so leicht umzuschmeißen. Und ich war auch nicht ganz weg. Plötzlich sehe ich sie über mich gebeugt. Ganz nah. Und die andere auch. Auch ganz nah ...«
»Die von gestern?« fragte Ketterle. »Die Mellrich?«
Maggus nickte. »Ja, die. ›Dreh ihn rum‹, sagte die Rühl zu der, ›er hat es hinten in der Hose.‹ Ich nahm das so im Halbschlaf wahr. ›Ob er auch ganz weg ist?‹ fragte die andere noch und faßte mich an. Und da packte mich die Wut, Herr Kommissar. Ich weiß nicht, ob Sie das verstehen können. Man träumt ein bißchen vom Glück und vom richtigen Leben, und da wollen die nichts, als einem das Geld klauen. Ich langte hoch, mitten hinein in die beiden Fressen, und erwischte die eine am Hals. ›Du Hurenstück‹, sagte ich noch. ›Du bist ja noch dreckiger als das letzte Hurenstück ... du ... du ...‹ Und da merkte ich, daß sie die Augen verdrehte und auf mich fiel. Die andere kreischte und rannte weg. Und ich dachte, die wollte jemanden holen, und hoch und fort. Da habe ich zum erstenmal Angst gehabt, verstehen Sie?« Er machte eine Pause. »Ob Sie mir das glauben, weiß ich nicht. Aber so ist es gewesen, und ich habe Ihnen die Wahrheit gesagt.«
»Und Klapprodt?« fragte Ketterle heiser.
»Klapprodt? Klapprodt lag gestern gegen neun erschlagen quer über dem Schreibtisch in seinem Büro, als ich mit ihm wegen der Kleinen reden wollte und weil er vorhatte, bei der Polizei anzurufen.«
»Und das wollten Sie nicht?«
»Nein. Gestern noch nicht. Wenn das rauskam, dann kam ja

auch das andere raus. Und da konnte ich mich noch nicht damit abfinden.«
»Und Jutta Krieschke? Die wollten Sie loswerden, was? Damit sie nicht redete. Die wollten Sie vorhin ins Kielwasser werfen, stimmt's?«
»Nein«, antwortete Maggus. »Nein, das wollte ich nicht. Aber wenn Sie mich schon so genau fragen ... Wenn sie mir das gestern abend nicht gesagt hätte, das, wonach ich sie vorhin fragte, wenn sie das nicht gesagt hätte, dann hätte ich es getan, so wahr ich Hendrik Maggus heiße.«
Der Kommissar schwieg. Dann wandte er sich an Hornschuh. »Der Bruch lag in meiner Theorie, Hornschuh. Nicht in Ihrer. Ihre Nase war verdammt richtig, gestern abend auf dem 10. Revier. Sie haben genau gespürt, wie das alles lag. Ich werde alt.« Er seufzte.
»Und woher wußten Sie, daß Klapprodt die Polizei anrufen wollte?« fragte Hornschuh in seiner Verlegenheit, die er Ketterle gerne verborgen hätte.
»Na, weil er sich schreiend mit einer Frau darüber stritt. Ich stand gerade vor seinem Büro und hörte das. Dann ging ich raus in den Hof. Und als ich zurückkam, war es still drin. Ich schaute rein, und da war Klapprodt tot und die Frau weg. Und ich wußte doch nun nicht, ob er ...«
Er wurde durch einen der Männer von dem Boot unterbrochen, der den Niedergang heruntergetrampelt kam.
»Das Fräulein hat da was gesehen«, sagte er, »und will zu Ihnen. Wir müssen unbedingt anlegen, sagt sie. Sie ist ganz verrückt vor Aufregung. Ich weiß auch nicht ...«
»Was hat sie gesehen?« fragte Ketterle und blickte hoch.
»Einen alten vergammelten Kahn, drüben an Land. Er liegt auf Helling. Ob Sie nicht doch mal raufkommen?«
Der Kommissar erhob sich. »Sie können, wenn Sie möchten, auch etwas frische Luft schnappen«, sagte er zu Maggus.
Dann stiegen sie zur Brücke hinauf. In einem perlfarbenen Grau verlor sich der Lauf des Stromes vor ihnen, verschleiert von leichtem Dunst. An Backbord konnte man in der

Morgendämmerung ein flaches Ufer, ein paar Hausdächer und davor zwei oder drei hölzerne Schuppen und eine Halle erkennen. Einige schräg geneigte Holzebenen führten mit ihrem unteren Ende ins Wasser, und quer auf einer von ihnen lag der rostige Rumpf eines Schiffes, das die Form eines Kriegsschiffes hatte.
In einiger Entfernung konnten sie eine Pontonbrücke ausmachen. Ein oder zwei Leuchtbojen waren noch nicht erloschen. Hinter dem Deich mußte eine größere Siedlung liegen.
»Brokdorf«, sagte der Mann. »Sehen Sie, dort drüben ist es.«
Jutta Krieschke deutete ebenfalls mit der Hand hinüber zum Ufer. »Das Schiff«, stieß sie erregt hervor. »Das Schiff da drüben habe ich schon mal gesehen. Vorgestern abend in Klapprodts Büro. Er hatte einen ganzen Stapel Fotografien davon in der Hand, als ich reinkam, und als er hinausgerufen wurde, habe ich sie mir angesehen. Es war das Schiff. Dieses Schiff da drüben. Kurz darauf erschien Hüttemeister und sagte, ich müsse das vergessen, wenn ich nicht in Teufels Küche kommen wolle. Sie müssen umdrehen und hinfahren. Auf dem Schiff ist was los. Glauben Sie mir.«
»Täuschen Sie sich auch nicht, Fräulein Krieschke?« fragte Ketterle. »Es gibt Hunderte von kleinen Schiffen, die genauso aussehen wie dieses.«
Der Kommandant hatte schon die Drehzahl der Motoren drosseln lassen.
»Nein«, erwiderte Jutta. »Es war dieses Schiff. Ich weiß es ganz genau. Ich erkenne auch die Umgebung wieder, die auf den Fotos zu sehen war. Es war dieses Schiff.«
»Haben Sie oder Noell«, fragte Ketterle Hornschuh, »gestern abend in Klapprodts Büro die Fotografien eines Schiffes gefunden?«
Hornschuh verneinte.
»Sollen wir mal rübergehen?« fragte der Rudergänger. »Es kostet ja nichts.«
»Na gut«, sagte der Kommissar. »Wenn es nichts kostet.«

Das Boot zog eine große Schleife auf das Land zu. Der Deich, die Hausdächer und die halb entlaubten Bäume und Sträucher wurden größer und gewannen an Kontur. Gelegentlich dröhnte die Sirene eines Dampfers vom Hauptfahrwasser herüber. Sonst unterbrach kein Laut die feierliche Stille des Sonntagmorgens. An der Pontonbrücke angelangt, gingen Hornschuh, das Mädchen und Ketterle über klappernde Bohlen hinüber ans Land.
Von dieser Stelle aus war der Rumpf des Kriegsschiffes nicht zu sehen. Sie mußten um ein paar Schuppen biegen, ehe sie ihn wieder im Blickfeld hatten. Er war etwa hundert Meter entfernt, und an seiner Landseite lag eine flachgestellte Laufplanke an. Die Dächer der Häuser hinter dem Deich, die Schuppen und Hallen sowie die Bretterbahnen der Hellinge glänzten vor Nässe. Ringsum war kein Lebewesen zu sehen. Das triste Grau der Dämmerung lichtete sich nur zögernd.
Hintereinander balancierten sie über die Laufplanke. Das Deck des Schiffes war völlig verrottet. Eine einzelne Möwe lief krächzend über die Back. Sonst regte sich nichts.
Ketterle sah sich um und zuckte mit den Schultern. »Hier oben ist nichts Interessantes.« Dann fiel sein Blick auf die Luke zum Niedergang. Sie war geöffnet, und eine wacklige, rostige Eisentreppe führte hinab ins Dunkel. »Sie warten am besten hier, Fräulein Krieschke«, sagte der Kommissar. »Der Abstieg ist unbequem, und Sie machen sich nur schmutzig. Wir sind sofort wieder zurück.«
Jutta nickte und schob die Hände in die Taschen ihres Mantels.
Im Rumpf des Schiffes war es dunkel. Sie tasteten sich durch einen feuchten Gang. Von irgendwoher kam ein schwacher Lichtschein. Eine Tür war angelehnt. Sie öffneten sie und blieben wie angewurzelt stehen. Vor sich sahen sie eine kleine, wohnlich eingerichtete Kammer. Die rosa Gardinen vor den Fenstern waren sorgfältig zugezogen. Eine saubere Koje schien unbenützt. Auf einem Bord befand sich ein Ra-

dio, und daneben standen, eingerahmt und mit künstlichen Blumen umkränzt, die Fotografien von Senta Wenigmann und Anne Brosczinsky. Sie hatten sie oft in den dicken Aktenordnern angesehen, daß sie sie sofort erkannten.
»Klapprodt«, murmelte Ketterle erschüttert. »Ein Irrer war der Mann, den wir suchten.«
Aber in diesem Augenblick sah Hornschuh noch etwas anderes, das ihm das Blut in den Adern stocken ließ. Es war ein gewöhnlicher Gummiknüppel mit einer ledernen Schlaufe, der offenbar von einem der Hocker gerollt war und auf dem Boden lag.
Er kam nicht mehr dazu, ein Wort zu sagen, denn ein dumpfes, stählernes Dröhnen erschütterte das Schiff, und Sekunden später hörten sie zwei aufeinanderfolgende, an Irrsinn grenzende Schreie von Jutta Krieschke, die rasch in ein ersticktes Würgen übergingen. Ketterle und Hornschuh stürmten den Gang entlang, griffen nach den Treppensprossen und stolperten hinauf.
Aber die Luke war geschlossen und verkeilt, und die Kraft von zehn Männern hätte nicht ausgereicht, sie zu öffnen. Und oben auf dem Deck hörten sie die hysterisch kreischende Stimme einer fremden Frau: »Die anderen haben dran glauben müssen. Und du mußt auch dran glauben, du auch ... du auch ... du auch ... Alle müßt ihr dran glauben ... alle ... alle ...«
Die Worte erstickten in einem irren Gelächter.
»Die Unbekannte«, stammelte Hornschuh kreidebleich. Er lehnte sich erschöpft mit dem Rücken an die Stahlblechwand des Treppenkastens. »Mein Gott, die Unbekannte. Es gibt sie also doch.«
Verzweifelt stemmten sie sich wieder gegen das feuchte, kalte Stahlblech des Lukendeckels. Noch trampelten oben Füße. Sie hörten das Scharren von Schuhen und ein schreckliches Keuchen. Aber das Keuchen wurde zusehends schwächer.

23

Einige Minuten lang betrachtete Jutta das Deck des Schiffes und den dunstverschleierten Lauf des Stromes. Dann ging sie hinüber auf die dem Land zugekehrte Seite.
Sie maß dem Geräusch, das sie hinter sich hörte, keine große Bedeutung bei, denn sie dachte, es sei einer der beiden Männer, und sie hätten auch unten nichts Interessantes entdeckt. Dann donnerte der Lukendeckel zu, und sie sah sich um. Hüttemeister kam auf sie zu.
»Ich habe dir gesagt, du mußt das alles vergessen«, flüsterte er heiser. »Ich habe dir gesagt, daß du in Teufels Küche kommst, wenn du es nicht tust . . .«
Entsetzt und wortlos starrte sie in seine funkelnden Augen und wich langsam Schritt für Schritt zurück. Er folgte ihr ebenso langsam.
»Wenn du mich kaputtmachst, dann mache ich dich auch kaputt. Hier hört dich keiner. Hier ist für dich die letzte Station . . .«
In diesem Augenblick stieß sie ihren ersten furchtbaren Schrei aus, denn jetzt wußte sie genau, wem sie gegenüberstand. Als sie zum zweitenmal schrie, hatte er sie schon herumgewirbelt und seine weißen, kräftigen Hände um ihren Hals gelegt. Plötzlich sprach er mit zeternder Kopfstimme. Das geschah immer dann, wenn er durch irgend etwas in Erregung geriet, vor allem durch Frauen.
»Die anderen haben dran glauben müssen. Und du mußt auch dran glauben, du auch . . . du auch . . . du auch . . . Alle müßt ihr dran glauben . . . alle . . . alle . . .«
Die Worte erstickten in einem irren Gelächter.
Jutta Krieschke wehrte sich verzweifelt gegen ihren Tod. Der Selbsterhaltungstrieb gab ihr übermenschliche Kräfte. Sie trat mit den Beinen um sich und riß mit den Fingernägeln blutige Striemen in die weißen Hände. Aber schließlich spürte sie, daß ihre Kräfte nachließen, und sie hoffte nur noch, daß ihr endlich die Sinne schwinden würden.

Doch sie war es und nicht er, die außer dem Hämmern der beiden Polizeibeamten das Klappern der Laufplanke hörte. Da wußte sie, daß es zu spät für ihn war. Die wenigen Sekunden, die vergingen, bis Hendrik Maggus seine durch die Handschellen zusammengehaltenen Unterarme über Hüttemeisters Schädel schlug, schienen ihr Jahrhunderte.
»Ich habe ihn«, keuchte er. »Mach den Deckel auf! Schnell! Den Deckel!«
Hüttemeisters Hände glitten von ihrem Hals. Sie stürzte nach vorne, stolperte und riß mit ihrer letzten Kraft den Keil aus der Öse. Völlig benommen sah sie Ketterle und Hornschuh aus der Öffnung stürmen. Dann taumelte sie zurück an eine der rostigen Stahlwände der Aufbauten und brach in hemmungsloses Schluchzen aus.
Ketterle und Hornschuh standen für ein paar Sekunden wie vom Donner gerührt.
»Hören Sie doch auf, Mann«, schrie Ketterle endlich und warf sich auf Maggus. Er zerrte an dessen Armen, aber die Hebelkraft der Handschellen war stärker, und Hendrik Maggus war nicht bei sich. Hüttemeisters Gesicht zwischen seinen Unterarmen begann bereits blau zu werden.
Hornschuh erfaßte nach wenigen Augenblicken die Situation, riß die Schlüssel aus seiner Manteltasche und öffnete die Handschellen, daß sie klirrend zu Boden fielen. Hendrik Maggus ließ die Arme sinken. Hüttemeister schwankte und griff mit beiden Händen an seinen Hals. Mit blutunterlaufenen Augen starrte er Ketterle an.
Erst jetzt bemerkten sie die Zollbeamten, die Hendrik Maggus verfolgt hatten und, als sie sahen, was sich ereignete, über die Laufplanke nach oben kamen.
»Ich habe sie schreien hören«, stammelte Maggus, noch immer völlig außer Atem. Er betrachtete verwundert seine Hände. »Das Schwein«, stieß er dann hervor. »Das verfluchte Schwein. Ich hätte ihn umgebracht, wenn ... wenn ...«
Ketterle und Hornschuh waren aschfahl im Gesicht. Ketter-

les Unterkiefer trat hervor. Er ging auf Hüttemeister zu und blieb vor dem schwankenden Wrack stehen. »Ich verhafte Sie«, sagte er ruhig, »wegen Mordes an zwei Frauen und einem Mann und wegen versuchten Mordes an einer weiteren Frau.«
Unter der abklingenden Erregung war ihm seine tiefe Befriedigung deutlich anzumerken.
»Machen Sie keine Schwierigkeiten«, fügte er hinzu, als Hornschuh die Handschellen aufhob. Hüttemeister leistete keinen Widerstand, als der Beamte sie um seine Handgelenke legte. Sie führten ihn hinüber auf den Kreuzer. Leute vom Zollboot brachten Jutta in die Kommandantenkammer, wo sie sich auf die Koje legte.
Ketterle und Hornschuh untersuchten unterdessen die Kammer, in der sie Juttas Schreie gehört hatten.
»Ein hochgradiger Psychopath«, sagte Ketterle. »Einer von den gemeingefährlichen. Sehen Sie, hier sind die Fotografien des Schiffes.«
Sie warfen auf jede einen flüchtigen Blick und bemerkten den Stempel auf ihrer Rückseite.
»Das Schiff gehört Hüttemeister«, sagte Ketterle. »Er scheint hier zu wohnen. Aber was hatte Klapprodt dann damit zu tun?« Minuten später fanden sie die Antwort auf diese Frage. Aus dem Verschlußfach des eingebauten Schreibkastens zog Ketterle einen Stoß Dokumente hervor und sah sie durch.
»Hier, eine interne Abmachung zwischen Klapprodt und Hüttemeister, wonach Hüttemeister nur pro forma der Schiffseigner ist und Klapprodt sich das Nutzungsrecht an dem Kahn selbst vorbehalten hat. An diesen Erträgen hat er Hüttemeister zur Hälfte beteiligt. Interessant, was?«
Hornschuh betrachtete das Dokument.
»Hier, sehen Sie. Briefe, aus denen hervorgeht, daß Klapprodt im Begriff stand, den Laden an der Freiheit zu verkaufen.«
Dann breitete Ketterle einen Aufriß des Schiffes auf dem

Kajütentisch aus und studierte ihn sorgfältig. Hornschuh hörte ihn etwas vor sich hin brummen.
»Was ist los?« fragte er und beugte sich ebenfalls über die Zeichnung.
»So sollte das Ding wohl nach dem Umbau aussehen. ›Musterschau deutscher Industiewaren‹ war nach außen hin das Etikett. Aber achten Sie auf die Einteilung und Bezeichnung der Räume. Haben Sie den geringsten Zweifel, daß es sich, wohlwollend ausgedrückt, um eine Art schwimmenden Amüsierpavillon handeln sollte?« Er richtete sich auf. »Das Schiff ist technisch komplett ausgerüstet und intakt. Ich bin fest davon überzeugt, daß es seetüchtig ist. Nach diesem Umbau hätte Klapprodt in Dutzenden von mittelamerikanischen Häfen ein blendendes Geschäft gemacht. Durch Auslaufen aus der Dreimeilenzone konnte er jederzeit der örtlichen Polizeibehörde durch die Finger schlüpfen. Die Idee eines Zynikers. Na, Hüttemeister wird den Geschworenen erzählen müssen, wie alles im einzelnen gedacht war. Aber für mich besteht kein Zweifel.«
»Dann wird mir auch klar, warum Hüttemeister als Strohmann vorgeschoben wurde«, sagte Hornschuh. »Wahrscheinlich, weil Klapprodt Angst hatte, seine Kollegen von der Freiheit würden ihm Knüppel zwischen die Beine werfen oder ihm mit seiner großartigen Idee zuvorkommen, wenn sie Wind davon kriegten.«
»Vielleicht.« Ketterle zuckte mit den Schultern.
Ansonsten förderte die Kammer nichts Interessantes mehr zutage. Der Gummiknüppel genügte, zusammen mit der Aussage, die Hüttemeister selbst gestern abend vor dem Kommissar gemacht hatte, bei weitem, um ihn des Mordes an Klapprodt zu überführen.
»Ich bewundere die Beherrschung dieses Menschen«, sagte Ketterle. »Daß sich seine Stimme nicht überschlug, als wir gestern in die *Kaskade* kamen, verdankt er nur dem Umstand, daß er darauf vorbereitet war. Erinnern Sie sich, wie geschickt er Angst heuchelte und telefonierte? Er wußte ge-

nau, daß wir als erstes den Telefonhörer auf Fingerabdrücke untersuchen würden. Wir würden, dachte er, Abdrücke, die in unserer Gegenwart auf den Hörer gekommen waren, niemals für die des Mörders halten.«
Er sah sich noch mal in der Kammer um, und sein Blick fiel auf die Fotografien der beiden Mädchen.
»Kommen Sie, Hornschuh. Lassen Sie uns gehen. Vielleicht gibt es auf dem Zollboot ein Bier.«
Sie versperrten die Kammer, und Ketterle ließ den Schlüssel in seine Tasche gleiten. Dann stiegen sie nach oben und balancierten vorsichtig die Planke hinunter.
»Aber warum hat er Klapprodt ermordet?« fragte Hornschuh plötzlich. Sie würden noch lange nicht von den Ereignissen der letzten beiden Stunden loskommen. Auch Ketterle hatte darüber nachgedacht.
»Mörder sind häufig gehemmte Menschen, die ihre Hemmungen und ihren Minderwertigkeitskomplex mit Gewalt kompensieren. Und Hüttemeister ist gehemmt, allein schon wegen seiner Kopfstimme. Stellen Sie sich das im Verkehr mit Frauen vor. Er hat gemordet, weil er sich nicht ausleben konnte und weil die Frauen von ihm nichts wissen wollten. Ein uraltes Motiv. Und da wird er plötzlich Eigentümer eines ganzen schwimmenden Freudenhauses. Wenn auch nur formell. Jetzt braucht er nicht mehr zu töten. Jetzt hat er Gewalt über Frauen. Unumschränkte Gewalt, wenn er den einzigen tötet, der sie ihm noch streitig macht – Klapprodt.«
Sie näherten sich der Pontonbrücke.
»Das ist meine Theorie, Hornschuh. So reime ich mir das zusammen. So ähnlich muß es sein. Aber es gibt Leute, die das besser wissen als ich. Die werden es schon herausfinden. Vielleicht wollte er auch die kleine Krieschke für diesen Laden anheuern, und Klapprodts Anruf bei uns hat den letzten Anstoß gegeben. Wer weiß?«
»Glauben Sie Maggus?« fragte Hornschuh.
»Wort für Wort. Dieser Baum von einem Kerl ist im

Grunde ein harmloser Träumer mit zuwenig Halt. Vielleicht ist das, was er jetzt erlebt hat, ein Glück für ihn.«
»Das Mädchen liebt ihn«, sagte Hornschuh.
»Ja. Obwohl sie kein Wort von Liebe hat verlauten lassen. Das spricht für sie.«
Die Fahrt stromaufwärts nach Glückstadt dauerte nur kurz. Als der Hafen und die Brücken in Sicht kamen, sahen sie schon von ferne den Streifenwagen warten, der den Kommissar in der Nacht hierhergebracht hatte. Einige Neugierige standen am Kai.
Sie mußten Jutta Krieschke aus einem tiefen Erschöpfungsschlaf wecken. Als sie nach vorne in die Messe kam, sah sie Maggus, der mit dem Kommissar redete.
»Mit einer Anklage werden Sie rechnen müssen, Maggus«, sagte Ketterle. »Ob das Gericht Ihnen glauben wird, wird von Ihrem Anwalt abhängen. Wenn ich als Zeuge verhört werde, werde ich nichts gegen Sie vorbringen. Ihr Leben verdankt Jutta Krieschke Ihnen. Da kommt kein Geschworener drum herum.«
»Was wollen Sie denn eigentlich von ihm?« fragte Jutta. »Können Sie mir nicht endlich sagen, was er getan hat?«
Ketterle setzte seinen Hut auf und knöpfte langsam den Mantel zu. »Das fragen Sie ihn am besten selbst. Ich denke, er wird es Ihnen jetzt erzählen.«
Er ließ die beiden allein in der Messe zurück, kletterte nach oben und betrat die Laufplanke. Einen Augenblick lang atmete er tief die kalte, salzige Luft ein, während er zusah, wie Hüttemeister von zwei Beamten zu dem wartenden Wagen geführt wurde.

Agatha Christie

Agatha Mary Clarissa Miller, geboren am 15. September 1890 in Torquay, Devonshire, sollte nach dem Wunsch der Mutter Sängerin werden. 1914 heiratete sie Colonel Archibald Christie und arbeitete während des Krieges als Schwester in einem Lazarett. Hier entstand ihr erster Kriminalroman *Das fehlende Glied in der Kette.* Eine beträchtliche Menge Arsen war aus dem Giftschrank verschwunden – und die junge Agatha spann den Fall aus. Sie fand das unverwechselbare Christie-Krimi-Ambiente.
Gleich in ihrem ersten Werk taucht auch der belgische Detektiv mit den berühmten »kleinen grauen Zellen« auf: Hercule Poirot, der ebenso unsterblich werden sollte wie sein weibliches Pendant, die reizend altjüngferliche, jedoch scharf kombinierende Miss Marple (*Mord im Pfarrhaus*).
Im Lauf ihres Lebens schrieb die »Queen of Crime« 67 Kriminalromane, unzählige Kurzgeschichten, 7 Theaterstücke (darunter *Die Mausefalle*) und ihre Autobiographie.
1956 wurde Agatha Christie mit dem »Order of the British Empire« ausgezeichnet und damit zur »Dame Agatha«. Sie starb am 12. Januar 1976 in Wallingford bei Oxford.

Von Agatha Christie sind erschienen:

Das Agatha Christie Lesebuch
Alibi
Alter schützt vor Scharfsinn nicht
Auch Pünktlichkeit kann töten
Auf doppelter Spur
Der ballspielende Hund
Bertrams Hotel
Der blaue Expreß
Blausäure
Das Böse unter der Sonne
oder Rätsel um Arlena
Die Büchse der Pandora
Der Dienstagabend-Klub
Ein diplomatischer Zwischenfall
Dreizehn bei Tisch
Elefanten vergessen nicht

Die ersten Arbeiten des Herkules
Das Eulenhaus
Das fahle Pferd
Fata Morgana
Das fehlende Glied in der Kette
Ein gefährlicher Gegner
Das Geheimnis der Goldmine
Das Geheimnis der Schnallenschuhe
Das Geheimnis von Sittaford
Die großen Vier
Das Haus an der Düne
Hercule Poirot's größte Trümpfe
Hercule Poirot schläft nie
Hercule Poirot's Weihnachten
Karibische Affaire
Die Katze im Taubenschlag
Die Kleptomanin
Das krumme Haus
Kurz vor Mitternacht
Lauter reizende alte Damen
Der letzte Joker
Die letzten Arbeiten des Herkules
Der Mann im braunen Anzug
Die Mausefalle und andere Fallen
Die Memoiren des Grafen
Mit offenen Karten
Mörderblumen
Mördergarn
Die Mörder-Maschen
Mord auf dem Golfplatz
Mord im Orientexpreß
Mord im Pfarrhaus
Mord im Spiegel oder Dummheit ist gefährlich
Mord in Mesopotamien
Mord nach Maß
Ein Mord wird angekündigt
Die Morde des Herrn ABC
Morphium
Nikotin
Poirot rechnet ab
Rächende Geister
Rotkäppchen und der böse Wolf
Ruhe unsanft
Die Schattenhand
Das Schicksal in Person
Schneewittchen-Party
Ein Schritt ins Leere
16 Uhr 50 ab Paddington
Der seltsame Mr. Quin
Sie kamen nach Bagdad
Das Sterben in Wychwood
Der Tod auf dem Nil
Tod in den Wolken
Der Tod wartet
Der Todeswirbel
Tödlicher Irrtum oder Feuerprobe der Unschuld
Die Tote in der Bibliothek
Der Unfall und andere Fälle
Der unheimliche Weg
Das unvollendete Bildnis
Die vergeßliche Mörderin
Vier Frauen und ein Mord
Vorhang
Der Wachsblumenstrauß
Wiedersehen mit Mrs. Oliver
Zehn kleine Negerlein
Zeugin der Anklage

Isaac Asimov

Isaac Asimov ist ein Autor von beinahe unglaublicher Vielseitigkeit und hat sowohl anerkannte Sachbücher aus den Gebieten Physik, Geschichte, Literatur wie auch eine große Anzahl von Romanen verfaßt. Er schrieb Kriminalromane und einige Sammelbände mit bösen Geschichten der Schwarzen Witwer, ferner mehrere berühmte Science-fiction-Krimis, u. a. »Der Mann von drüben«, »Die nackte Sonne«, »Aurora oder der Aufbruch zu den Sternen«.
Die obenerwähnten Schwarzen Witwer sind ein Klub gleichgesinnter Gentlemen, der sich einmal im Monat zu einem Abendessen mit gepflegter Unterhaltung trifft. Zum Nachtisch löst man einen Mord.
Asimov lebt heute in Boston/Mass.

Von Isaac Asimov sind erschienen:

Experiment mit dem Tod
Die letzte Pointe schreibt der Tod

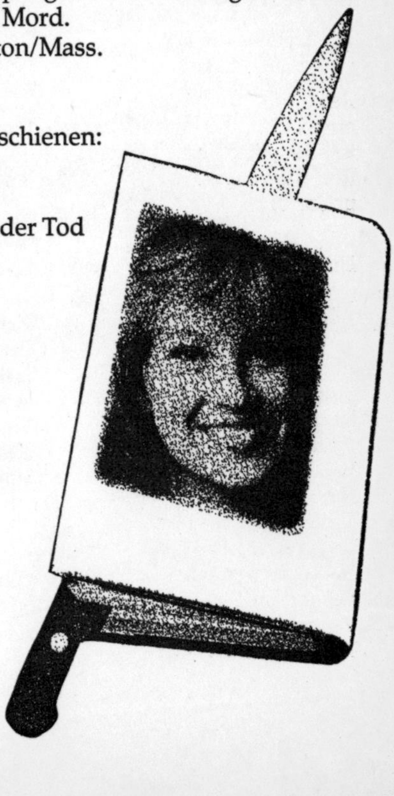

Rex Stout

Rex Stout, geboren am 1. Dezember 1886 in Noblesville, USA, hat sich nach eigener Aussage in etwa 30 verschiedenen Berufen versucht, bis er genug Geld beisammen hatte, um in der Welt herumreisen zu können. Sein erstes Buch schrieb er Ende der zwanziger Jahre in Paris.
1932 begann er, Detektivgeschichten zu schreiben, und sein erster Nero-Wolfe-Roman (*Die Lanzenschlange*) erschien 1934. Mit der Detektivfigur des rundlichen, bequemen, biertrinkenden und orchideenzüchtenden Nero Wolfe wurde Rex Stout weltberühmt. Er wollte, wie er selbst einmal sagte, einen Detektiv agieren lassen, der in allem das genaue Gegenteil der gängigen Kollegen war.
Rex Stout starb 1975 – Nero Wolfe erweist sich bis heute als unsterblich.

Die erschienenen Nero-Wolfe-Romane:

Allegro mordioso für Nero Wolfe
Abendmahl mit Nero Wolfe
Blutige Blaubeeren
Der Gutenacht-Krimi mit Nero Wolfe
Heikle Gäste
Nero Wolfe in Montenegro
Die Sünden der Väter
Tod in zwei Raten
Das tönende Alibi
Verworrene Fäden
Verwünschte Geschichten
Die zerbrochene Vase

Dorothy Sayers

Dorothy Sayers, 1893 in Oxford als Tochter eines Pfarrers geboren, studierte Philologie und gehörte zu den ersten Frauen, die die berühmte Universität ihrer Heimatstadt mit dem Titel »Master of Arts« verließen. 1922 ging sie nach London, um ihren Lebensunterhalt mit Schreiben zu verdienen. Ihre berühmten Kriminalromane und Kurzgeschichten erschienen zwischen 1923 und 1939. Danach hatte sie es – bis zu ihrem Tod am 17. Dezember 1957 – nicht mehr nötig, für ihren Broterwerb zu arbeiten.
Mit der Figur des Lord Peter Wimsey hat Dorothy Sayers einen Detektiv geschaffen, der bis heute unvergleichlich ist, weil er (und seine Erfinderin) herkömmliche Fälle zu einem psychologisch außergewöhnlich interessanten, literarischen Leseerlebnis macht.

Von Dorothy Sayers sind erschienen:

Eines natürlichen Todes
Der Fall Harrison
Feuerwerk
Die Katze im Sack
Lord Peters schwerster Fall
Der Mann, der Bescheid wußte
Der Tote in der Badewanne

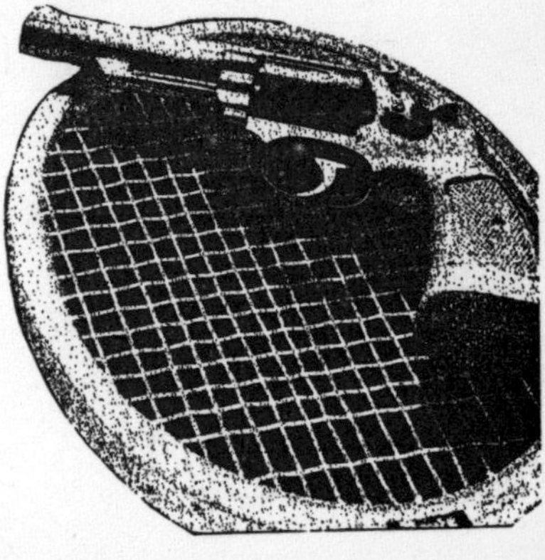